超馬童話5
大冒險
誰是老大？

劉思源／王淑芬／賴曉珍／王家珍／亞平／林世仁／顏志豪／王文華●著
陳昕　等●繪

推薦序

八仙過海，各顯神通

林文寶　臺東大學榮譽教授

週末夜晚，我習慣在家觀賞歌唱節目，電視臺重金禮聘兩岸三地當紅歌手，為他們舉辦歌唱比賽。各自在市場上擁有千萬粉絲的明星們，被摘下光環，轉變成選手身分，必須在殘酷的戰場上相互較量。每個人各憑本事與實力，必須擄獲觀眾芳心，才能得到選票生存下來，否則將被無情淘汰，最後誰能存活就是冠軍。這儼然是歌唱版的生存遊戲，原本打算讓歌聲洗滌腦袋、徹底放鬆，卻意外跟著賽況起伏緊張。

如此巧合，字畝文化出版社來信詢問是否能為新書寫序，發現他們竟然是找來八位成名童話作家，依照同樣命題創作童話，完成的八篇作品，將被放在同一本書裡，

任由讀者品評，多麼有挑戰性！但也多麼有趣啊！這跟我所看的歌唱節目根本沒有兩樣，但似乎更有看頭！仔細閱讀整個系列企畫，才知道這是一個超級馬拉松的概念，意思是指這一群童話作家，歷時兩年，共同創作八個主題的童話，最後完成八本書，換言之，這場戰爭總共會有八回合，而這本書是第五回合，選題：「比大小」。

果不其然，高手過招，精采絕倫，每位作家根本沒在客氣，毫無保留展現自己的堅強實力，表面客氣平和，但從作品水準可見，每一篇作品都拿出大絕招，無所保留，讀著讀著，連我這個老人家都沸騰起來。

八仙過海，各顯神通。八位作家，八種風景，八種路數，八種風格，真的讓我驚艷與驚喜。這場超級馬拉松，逼迫選手不得不端出最強武器，展現最厲害的招式。閱讀過程中，我或許真的可以理解，為什麼他們是這片武林中的高手？因為從他們的作品中，可以感受到他們稱霸武林的銳氣與才氣，他們獨一無二，他們無法取代，我想這或許也是他們成名的原因吧。

光有好選手是不夠的，字畝文化幫選手們打造了一個非常別緻的舞臺。書的設計相當有趣活潑，正文前面有作者的「冒險真心話」，每一位作家就是一位選手，一棒一個故事，一棒接過一棒，當最後一棒衝過終點線時，這一回合的比賽主題「從屬——比大小」也在讀者的面前，淋漓盡致的詮釋與表現。這個企畫也讓我們感受到，後現代多元共生，眾聲喧嘩的最佳示範。

外行看熱鬧，內行看門道，這八篇故事都是傑作，各有巧妙，各自精采，我相信對於想創作童話的大朋友，或者想要如何寫好作文的小朋友，都有絕對助益。

不知劇情的演進會如何？請拭目期待！

出版者的話

一次品嘗八種口味的美妙童話

馮季眉　字畝文化社長

一個初夏午後，八位童話作家和兩名編輯，在臺北青田街一家茶館聚會。散居臺東、南投、臺中等地的作家迢迢而來，當然不是純為喝茶，其實大夥是來參加「誓師大會」的，因為，一場童話作家的超級馬拉松即將起跑。

這場超馬，源於一個我覺得值得嘗試的點子：邀集幾位童話名家，共同進行一場馬拉松長跑式的童話創作，以兩年時間，每人每季一篇，累積質量俱佳的作品，成就精采的合集。每集由童話作家腦力激盪，共同設定主題後，各自自由發揮。

稿約滿滿的作家們，其實一開始都顯得猶豫：要長跑兩年？但是又經不起「好像很好玩」的誘惑，更何況一起長跑的，都是彼此私交甚篤的好友，童心未泯的作家們也就迷迷糊糊同意了。畢竟，這一次，寫童話不是作者自己一人孤獨的進行，而是與當今最厲害的童話腦，一起腦力激盪，玩一場童話大冒險的遊戲，錯過豈不可惜？「誓師」當天，大夥把盞言歡，幾杯茶湯下肚，八場童話馬拉松的主題也在談笑中設計完成。

對作家而言，這是一次難忘的經驗與挑戰；對出版者而言，同樣是場大冒險。因為出版計畫的戰線拉得很長，而且出版方式也是前所未見：這系列童話，有如MOOK（雜誌書，性質介於雜誌Magazine與書籍Book之間），每期一個主題，每季出版一本，共八本。自二〇一九年至二〇二〇年，每季推出一集。

《超馬童話大冒險》系列八個主題，其實正是兒童成長過程中，必會經歷的人生習題，每一道習題，都讓孩子不知不覺中獲得身心發展與成長。小讀者細細品味這些故事的時候，可以伴隨書中角色一起探索、體驗，經歷快樂與煩惱，享受閱讀樂趣，並能體會某些事理，獲得成長。

各集主題以及核心元素如下：

第一集的主題是「開始」，故事的核心元素是「第一次」。

第二集的主題是「合作」，故事的核心元素是「在一起」。

第三集的主題是「對立」，故事的核心元素是「不同國」。

第四集的主題是「分享」，故事的核心元素是「分給你」。

第五集的主題是「從屬」，故事的核心元素是「比大小」。

第六集的主題是「陌生」，故事的核心元素是「你是誰」。

第七集的主題是「吸引」，故事的核心元素是「我愛你」。

第八集的主題是「結束」，故事的核心元素是「說再見」。

兩年八場的童話超馬開跑了！這些童話絕對美味可口、不八股說教。至於最後編織出怎樣的故事，且看童話作家各顯神通！

來吧，翻開這本書，進入超馬現場，一次品嘗八種口味的美妙童話！

聽聽悄悄話

英雄聯跑的大冒險真心話

林世仁

難得跟這麼多童友「英雄聯盟」，我很想跟大家一塊合力，激起一次童話界的八級地震或八次驚艷（希望不是八次哈欠啦）。

可惜我寫出來的作品似乎不夠酷炫，沒達到「動作片」的強度。還好，其他七位童友寫得都很好玩、很好看。那麼，我的童話就請大家放慢腳步，輕鬆欣賞——因為「天天貓」是從我的童年遙遙遠遠回盪過來的。它不像我的其他童話，卻觸動了我的心弦。

賴曉珍

很榮幸參加字畝這次的「童話超馬大冒險」企畫案，也很高興能與多位童友合作。記得討論會那天，我從童友們的思考方式和提議學到很多，瞭解原來別人是這樣構思靈感與創作的，令我大感佩服。這也是我的「第一次」經驗，未來，我會創作一系列「黑貓布利與酪梨小姐」的故事，藉著他們的經歷與互動，告訴大小讀者何謂「情緒」。

亞平

創作童話，對我而言是件很孤獨的工作。自己一個人對著電腦發呆，或是長吁短嘆，或是滿心喜悅，或是奮力捶鍵，無論如何，都是一個人。

童話馬拉松的創作行伍，讓我感到：太棒了，吾道不孤！知道我在寫這篇童話時，也有幾個同伴一起孜孜矻矻，絞盡腦汁——這時，孤獨感會降低，革命情懷不自覺出現，當然，競爭感也來了：這個主題他們會怎麼寫？該不會我的作品最沒創意吧？寫童話真是一件有趣的事啊！

王家珍

超馬童話從二〇一九年三月「開始」出版，「第一次」參加童話馬拉松，八個人聚「在一起」，分工「合作」以八個主題當作核心元素創作八個故事，出版八本書。在想像的世界裡，我們雖然「不同國」，卻沒有「對立」的煙硝味，迫不及待想與大家「分享」這些有趣的故事。

隨著年齡增長，體型「大小」、「從屬」關係都會改變，唯一不變的是愛與牽掛。我們用「你是誰」當作友誼的敲門磚，從「陌生」到深受「吸引」，最後說出「我愛你」，並肩展開改變生命之旅。天下無不散的筵席，旅程「結束」時，一定要好好「說再見」，謝謝一路相陪。

劉思源

「一加一等於二」是不變的數學公式，但創意的公式卻充滿變化，當八位童話作家一起奔馳想像大道，彼此碰撞，互相激發，勢將引爆無限的創意，而且從各種角度撞擊讀者，迸出燦爛火花。有幸參與這場狠有趣、狠挑戰、狠創意的童話接力賽，既緊張又痛快的和童友們盡情玩耍一場。

王淑芬

小學起，我便常被老師指定參加作文比賽、演講比賽。命題式的創作，其實比自由選題難多了；比如題目是〈我的媽媽〉，那就絕對不可以寫爸爸——咦，誰說的？說不定別出心裁，不離題，但卻讓人完全意想不到，也很成功。

不過，成為作家後，我就不接這樣的邀稿了，依規定主題來寫，真的綁手綁腳耶。所以，當字畝文化的總編輯來電邀約，我當然一口就……

你猜錯了，我其實一口就答應。

因為如果在規定主題之下，我還能跳脫規定，寫出別人意想不到的點子，那才有資格叫作：童話作家。童話最在意的，就是要妙、要創意大爆炸呀！何況這個企畫案，還同時邀了我的多年寫作好友，能藉此看看他們怎麼爆炸，多學幾招，多好！

王文華

當我獲邀參與這個計畫時，滿腦子想的都是，怎麼辦，怎麼辦，其他七個作家個個都很會寫故事，這下子……

「你先敷面膜。」我媽媽大概以為我是要去走秀。

「我是要寫故事。」

「那一樣不要比輸，我看，我去幫你買人參，燉隻雞，吃完你再寫？」

「如果來隻人參豬更好。」我腦海裡叮咚一聲，突然有個想法了……如果有隻小豬愛吃人參？或是人參愛上了小豬，用這題目來寫，其他人一定想不到？或是一群來自火星的動物，他們全都失業，需要找個新工作……

顏志豪

某天，飛鴿捎來一封信，「敝社將舉辦一場別開生面的童話擂臺賽，不知有無興趣？」

「擂臺賽？」

繼續往下讀，「我們邀請各路好手，個個武功高強，準備決一死戰，看誰能獨霸武林。」此時，眼前刀光劍影，干戈鏗鏘，內心翻騰澎湃。

戰前會當日，我已經備妥關刀，雄赳赳，氣昂昂，氣勢絕對不能輸人！這將是一場你死我活的戰爭，拼了！

目錄

音樂課

數字0的全面攻略

劉思源

繪圖／尤淑瑜

「不公平！」「不公平！」「為什麼我永遠是最小的那一個？」

剛開學，數字小學一年級教室傳出吵吵鬧鬧的聲音。

數字小學一年級的第一堂課就是排大小，今年一年級共有0—9十個新生，而身為一個0，永遠排第一，第一個被點名，第一個當值日、排隊也要排在最前面……數字0吼著、叫著，小小的淚珠000……000……一串一串啪答啪答的落下來。

「那有什麼辦法？」數字1咪咪笑，「你永遠比我小一點。」

這豈不是「50步笑100步」嗎？數字1只比數字0大，比其他數字都小，居然還敢嘲笑別人？

數字0不服氣，「誰規定數字0一定、鐵定比數字1小？」

這句話瞬間惹火了其他數字們，齊聲叫：「規定就是規定，誰管是誰規定的。」

5元銅板就是比1元銅板值錢，不是嗎？

什麼都能亂，就是數字不能亂，這是大家都知道的事。

「難道這就是命運？」數字0抬頭挺胸，大聲說：「哼！我一定憑自己的力量，改變自己的

命運。」

說做就做，數字0跑去問數字2：「你願不願意跟我換位子？我可以幫你做任何事。」

數字2趕緊逃得遠遠的，「我喜歡好事成雙，才不要變成孤單單的一個0。」

數字0不死心，又跑去問數字3：「你願不願意跟我換位子？我可以天天帶一顆蘋果給你吃。」

數字3猛搖頭：「你沒聽說過一3還比一3高嗎？高高在上才神氣，誰要跟你換位置？」

數字0有點洩氣，它看過來看過去，每個數字都撇過頭不理睬它。忽然它和數字8對到眼，眼睛一亮。

它興奮的跑過去對數字8說：「喂，雙胞胎，我們長得很像，如果我和你們其中一個換位置，一定沒有人知道。」

「瘋子！」數字8氣嘟嘟，它才不要切兩半。

數字9老神在在，在一旁看熱鬧，這

個教室裡就數它最大。它忍不住把數字0拉到鏡子前，「拜託，你這個腦袋空空、肚子也空空的傢伙，不會有人想跟你換位置。」

隔壁二年級學長們經過，聽了傻小一的對話，哈哈大笑：「數字0小朋友，就算你以後學會加法，0＋0還是等於0，永遠都是最小的那一個。」

可憐的數字0完全洩氣，眼淚流啊流，流

成一灘小水窪，「難道我這一輩子都翻不了身嗎？」

這時粉筆老師剛好走進來，「小朋友，怎麼還沒有按照大小順序排好隊呢？亂成一團！亂成一團！」

0—9嚇一跳，趕緊排排隊、站整齊。

匆匆忙忙間，數字0一腳踩到自己的眼淚水窪，滑了一大跤，咚咚咚的滾到數字1的屁股後頭。

多虧他近似圓形身材，翻個身還是0。

「錯了！錯了！」粉筆老師老花眼，點名簿看不清，「數字10

比數字9大，應該排最後一個。」

數字1正想解釋，數字0趕緊靠過去，向它眨眨眼，「我們一起當數字10不是更好嗎？」

數字1不是笨蛋，立刻和數字0手拉手，排到隊伍的最後頭。

其他的數字瞪大眼睛，同時發現了這個大祕密：和數字0在一起，身價立刻漲十倍，它可不是個可有可無的小東西。

大家都想和數字0做好朋友，決定閉上嘴，不去揭穿這個小錯誤。

粉筆老師看過來看過去，總覺得這班小孩怪怪的，排得隊伍也怪怪的，但是數字本來就是一個謎，沒關係。

藍藍的天、白白的雲，微風輕輕吹。

轉眼數字0已是高年級學生，學會了加減乘除，也學會了最重要的一件事：它就是它，永遠不變，比鑽石還永恆。

「今天真是個好天氣。」數字0走在上學的路上，享受春天花草的芳香。忽然，對面一個圓圓胖胖的大傢伙衝過來。

「借過、借過。」大傢伙一邊跑一邊叫，碰一聲，和數字0撞成一團。

「喂喂喂，你是哪兒來的冒失鬼？」數字0被撞得哇哇叫，身體各處都腫起來。

咦？這個大傢伙怎麼這麼面熟？很像……而那個大傢伙看著它，一句「對不起」都不說，反而嘴裡一直嚷著：「太好了！太巧了！」

數字0很生氣，但是那個大傢伙比它大、比它圓，打架是打不過的。數字0識時務，拍拍屁股準備走。

沒想到，大傢伙一把抱起它，不准它走，說：「拜託拜託，幫幫忙，當我的替身一下下。」

「替身？」數字0摸摸頭，這個大傢伙在說什麼？

大傢伙連忙解釋，「我叫字母O，是交通號誌STOP上的英文字母之一。」

原來是大名鼎鼎的「STOP」！數字0點點頭，假裝很了解，但其實它連字母有幾個也不知道（字母有大小寫也不知道）。

這位字母O一心想翹班，到草原跟小老鼠們踢足球。

「這場球賽可不能沒有我，」字母O神氣的說：「因為我就是那個球。」

數字0嚇一跳，這個字母O是不是傻瓜？被小老鼠踢過來踢過去，不痛嗎？

「那才好玩呢！」字母O不知道是要說服自己，還是說服別人，「我一天到晚都站在交通號誌上面，煩死了！」

「不！不！」字母O忽然醒悟，如果用這種說詞，誰願意當它的替身？連忙改口：「其實交通號誌的工作很重要喔，不管大小車輛，看到STOP標誌，都必須停、看、聽再上路。」

「這麼威風？」數字0立刻上鉤，答應幫忙。

數字0照著字母O的指示，找到字母O站崗的路口。

路口的八角形號誌上缺了一個字母，好像掉了一顆大牙，看起來真奇怪。而號誌上其他的三個字母S、T、P早已慌了手腳，只靠它們三個，怎麼拼也拼不出一個完整的單字。這樣下去，來來往往的車輛衝過來衝過去，實在太危險。

「看我大顯身手！」數字0一躍而上。

「嗨，我回來了。」數字0跳進字母中，和大家大招呼。

其他的三個字母S、T、P嚇一跳，你

看看我，我看看你，這位是哪位？

字母S狐疑的問：「奇怪？你是字母O嗎？怎麼縮水這麼多？」

字母T和P一起說：「你是小寫字母O來冒充的嗎？我們這裡可不收小孩子。」

數字0不知它們在計

較什麼，它的個子是比字母O小一號，但「有」總比「沒有」好。數字0急中生智，找了個藉口：「哎呀，我不知道吃了什麼壞東西，昨天晚上拉了一夜肚子，瘦了一大圈。」

「真可憐。」字母S、T、P都很同情它，也偷偷慶幸字母O沒有拉在辦公室。

既然四個字母都到齊了，大家趕快按照排序排排站，認真的守護往來的車輛和行人。

數字0精神抖擻的和字母們一起上班，看著車輛停下來，再安安全全的開走，這真是一個有意義的工作。

但是隨著站崗時間久了，數字0累了、乏了，忍不住咚一聲躺下來。

嘖嘖嘖！其他三個字母猛搖頭，「這傢伙拉肚子拉得虛脫，不中用了。」

不過話說回來，這傢伙真幸運，躺下來模樣也沒變形，根本不會有人發現。不像其他三個字母，躺下來就不成個樣了。

時間一分一秒過去，字母們都累了，張著眼睛打盹兒。

終於在黑夜來臨前，字母0蹦蹦跳跳回來了，它開心死了，因為它贏了這場球（事實上，不管哪隊小老鼠贏球，它都是贏家）。

字母O悄悄和數字0調換，並謝謝數字0的代班，以後有機會它一定義不容辭幫忙數字0的。

「一諾千金！」

數字0覺得這場交易真划算，下次哪位小朋友的考卷得0分，就叫字母O去代班，它最害怕看見小朋友哭哭的臉。

★

數字0完成代班任務，回到家，感覺累斃了，倒在床上就呼嚕呼嚕的睡著了。

第二天它趕著去上學，心裡七上八下，不知粉筆老師會不會發現它翹了一整天的課？

沒想到它一踏進教室就被粉筆老師趕出去，說：「哪來的黑漆漆的小子？跑錯教室都不知道？」

數字0完全不知道發生什麼事？它跑去校園邊的小池塘照鏡子，哎呀呀，它整個人變得黑漆漆的，頭髮也沒梳，一簇頭髮翹得高高的。

它歪著頭，站在池塘一角發呆，這起抹黑事件到底是怎麼發生的？

「哎呀！百分之兩百是昨天站在馬路上一整天，被灰塵和汽車排放的廢氣燻黑的。」

數字0搖搖頭，空氣汙染的問題實在嚴重，偏偏它回家倒頭就睡，沒有洗臉洗澡。

它跑回教室想要說明白，一群彩色的小豆芽匆匆忙忙跑過來。「來不及了！來不及了！」一根小豆芽一邊喊、一邊抓著數字0就跑。

這群小豆芽不是真的小豆芽，而是音樂教室的小音符。它們手拉手趕著去參加音樂會。

「白目小音符，你認錯……」數字0看看自己，再看看小音符，立刻決定將錯就錯，今天就當個小音符，和大家一起唱歌跳舞玩樂器。

作者說　大和小沒有絕對

「大」和「小」有時並非絕對，「比大小」就成了一場很有趣的比賽。

一頭大象很大吧！但是碰到鯨魚就完敗。雷龍的個子夠大吧？但是在生存史上，小小蟑螂比任何恐龍盤據的時間都長很長很長。

0是個奇妙的數字，根據百科解釋，0是-1與1之間的整數，0既不是正數也不是負數。而「最小的」正整數是1不是0，但0比1小還是正確的。

所以，這只是個故事……

超馬童話作家　劉思源

一九六四年出生，淡江大學畢業。曾任漢聲、遠流兒童館、格林文化編輯。目前重心轉為創作，作品包含繪本「短耳兔」系列、《騎著恐龍去上學》；橋梁書《狐說八道》系列、《大熊醫生粉絲團》，童話《妖怪森林》等，其中多本作品曾獲文建會「臺灣兒童文學一百」推薦、好書大家讀年度最佳少年兒童讀物獎，並授權中國、日本、韓國、美國、法國、俄羅斯等國出版。

戰爭與和平的身高比賽

王淑芬

繪圖／蔡豫寧

有個小小王國，位於一座小島上，國王生了兩個兒子。生老大時，因為正巧與不遠處的王國打仗中，所以取名為「戰爭」。生老二時，沒有戰爭，與鄰國相安無事，所以小王子的名字就叫「和平」。

兩兄弟小時候感情不錯，有餅乾會分著吃，吃到最後一片，大王子戰爭便說：「和平，你年紀小，多吃點，才能長得像我一樣高。」

吃葡萄時，吃到只剩一顆，戰爭也會說：「和平，多吃水果有益身體健康，愈長愈高，你吃吧。」

於是，和平吃得飽、吃得好，身體愈來愈壯。有一天，兄弟倆站在鏡子前梳頭髮時，戰爭有了大發現：「和平，你長得跟我一樣高啦！」

再過幾個月，戰爭又有新發現：「和平，你比我還高啦！」

這個「大兒子比小兒子矮、弟弟比哥哥高」的事實，也就是「大反而小、小反而大」的結果，關係到一件極其重大的決定。

兄弟倆都記得，國王老爸曾經說過：「等我五十歲那天，便要退休，把王位傳給你們其中一個。」

傳給誰呢？國王的答案很簡單：「長得比較高的那一個。」因為，國王也是兄弟姊妹中，長得最高的，當年的老國王也在五十歲時，根據身高測量結果，指定由他繼任王位。

戰爭與和平

「為什麼長得高的人才能當國王？」戰爭與和平兩兄弟幼小時，對這個選國王的方式很好奇。

國王老爸摸摸兩兄弟的頭，嚴肅的說：「本國有句名言：『天塌下來，有國王頂著。』意思是萬一哪一天，發生大災難，我們國家的天空真的塌下來，必須由最高的人——也就是國王，負責把天撐著，好讓全國人民逃到別的地方去。」

所以兄弟倆從小便各自在日記上，寫著心裡的願望。弟弟和平剛上學，會寫的字不多，只寫下幾個字：「我長大要當國土。」他年紀小，把王寫成土啦。

至於戰爭，寫在日記的願望是：「神啊，請讓我矮一點，當國王一點也不好玩，我不想當國王。」

最重要的，戰爭一向最討厭的字眼便是「負責」，當年國王一說到「負責把天撐著」時，戰爭立刻決定：「我必須比弟弟還要矮。」而且，除了撐起一片天，當國王還有五大缺點，他一一詳細列在日記本上：

一、為了維持身高，必須每天跳繩五百下、喝五杯牛奶，煩死了！

二、國王不能隨便鬧脾氣，想瞪誰就瞪誰、想罵誰就罵誰。煩死了！

這可是戰爭最熱愛的兩件事。當了國王不能瞪人、罵人，生活還有什麼意思。

三、當國王要負責回答：「為什麼高個子的人才能當國王？」煩死了！

四、當國王得天天頒獎給別人，比如頒發「最可愛微笑獎」、「最細嚼慢嚥獎」、「過馬路會停看聽獎」，煩死了！

尤其這些事戰爭根本做不到，他討厭微笑，吃飯一向狼吞虎嚥，遇到紅燈一定飛奔跑過馬路。

五、萬一鄰國都不來攻打我國，當國王永遠沒機會喊：「衝啊！」

唉，真是煩死了！

於是，當戰爭發覺弟弟長得比哥哥高時，連一分鐘都不耽擱，馬上跑去報告國王老爸：「我贏了，我比弟弟矮了！」

國王老爸皺起眉頭，王后老媽則想不透，兩人同聲問：「有這種比賽嗎？你們何時開始比賽誰長得矮？」

和平也走到爸爸、媽媽面前，開心的說：「我可以當國土了耶！」他從小養成的習慣，一直把「國王」寫為「國土」，然後便一直錯下去。

國王說：「還早還早，我今年才四十歲。十年以後，我再來決定誰繼承王位。」

戰爭有意見，說：「既然你是國王，整個國家的法令都由你決

定。你可以修改辦法，今天就退休啊。」

其實戰爭擔心，萬一接下來他不幸的又長高，比弟弟還高，那該怎麼辦？

媽媽摸摸戰爭的頭：「孩子，別擔心，我有辦法。」當媽媽的一向有辦法。

王后的辦法很簡單，她建議戰爭離開小島，搬到另一個國家去，就不必害怕比弟弟長得高，必須當國王。

可是，戰爭不喜歡這個方法，因為他一向最討厭的字眼就是「搬家」。

弟弟問：「咦，你一向最討厭的字眼不是『負責』嗎？」

戰爭被質疑，火大的喊：「我一向最討厭的字眼是『和平』啦！」

於是，從此以後，戰爭與和平就互相看不順眼。戰爭討厭和平，和平也討厭戰爭。

可是，明天還是要起床，一天還是要吃三餐，餐後還是要吃飯後水果，睡前還是要喝香濃的鮮奶。所以，戰爭與和平在接下來的十年間，繼續長高；有時哥哥高，有時弟弟高。

十年間，戰爭日日夜夜都在想：「如何才能不長高？」

他陸續想到的方法很多，也都一一執行。比如：有一天，他躺在床上，忽然靈機一動，有了好點子：「不如，我永遠躺在床上，就沒辦法量出我有多高。」

他躺著躺著，自己的床躺得不過癮，還占用了弟弟和平的床。

和平大叫：「你侵占了我的床，快歸還給我。」但是，戰爭一向最討厭的字眼就是「歸還」，和平只能哭紅雙眼，請媽媽再買一張新床。

又有一次，戰爭想出新的主意：「把全國的身高測量計都破壞，就沒辦法量我跟弟弟的身高了。」

戰爭把所有的測量工具全打破、踩破、扯破，王后媽媽連連搖頭。國王老爸也搖頭，把戰爭叫到面前，提醒他：「就算沒有尺，只要你跟和平肩並肩站在一起，誰高誰矮一樣看得出來啊。」

聽到這句話，戰爭太生氣了，他於是想到第三個方法：把所有人的眼睛都遮起來，便看不到自己與弟弟誰比較高。

這個辦法當然很蠢，因為怎麼可能把所有人的眼睛遮住呢？

王后老媽想好好的勸說戰爭：「孩子，你講講道理啊。」只是，戰爭一向最討厭的字眼就是「講道理」。他嘟起嘴，在地上氣呼呼的打滾：「我不管！我不管！」

不過，全國人民自有解決方法，他們告訴戰爭：「由於全世界的布大漲價，本國已經很久沒有買布，無法做出那麼多的眼罩。」

眼罩公司的老闆還說：「本公司已經改行，現在改賣眼鏡。」

畢竟，誰想一天到晚遮著眼、看不見？大家比較希望看得清楚嘛。

戰爭只好想出最後一個方法，他去找國王老爸，提出解決方案：「爸，你乾脆放棄當國王，這樣我就不必繼承王位。」

國王想了想，點點頭說：「我已經觀察你許多年，老實說，你真的不適合當國王。我想，還是把王位傳給你弟弟和平吧。」國王還拍拍戰爭的頭，欣慰的說：「我很高興你能將王位禮讓給弟弟。」

沒想到，戰爭一向最討厭的字眼就是「禮讓」，於是大喊：「我不讓！我偏偏要當國王。」

站在旁邊的和平，在這幾年間，因為喜歡讀書寫字，所以早已不會把「國王」寫成「國土」。現在，他對眼前這個大吼大叫的哥哥十分頭痛，只好端出一杯自己最喜愛的飲料給哥哥。

「哥，喝吧。這杯茶可以降火氣。」和平一面說，一面把杯子湊近哥哥嘴邊，戰爭的臉早已氣得通紅，看來真的很需要喝杯水降火氣。

和平還告訴戰爭一件事：「我讀過一本書，上面寫著：天根本不會塌下來，那只是一種比喻。」

戰爭聽了，張大眼睛，氣得臉更加紅了：「天如果不會塌下來，那就不需要國王了啊。不行不行！我反對。」他改變主意了，對著國王老爸、王后老媽說：「我就是要當國王，正如天一定要塌下來。」

戰爭一向是個固執的人，所以國王只好說：「那就來比身高。」

一量，兄弟倆居然一樣高。

「為什麼？不公平！我是哥哥，明明應該高一點才對。」戰爭拿出尺，要弟弟和平站好，請王宮裡視力最好、最公平、最有辦法的人——也就是王后老媽來量，還提醒：「媽，你應該知道如何比出大小吧？」

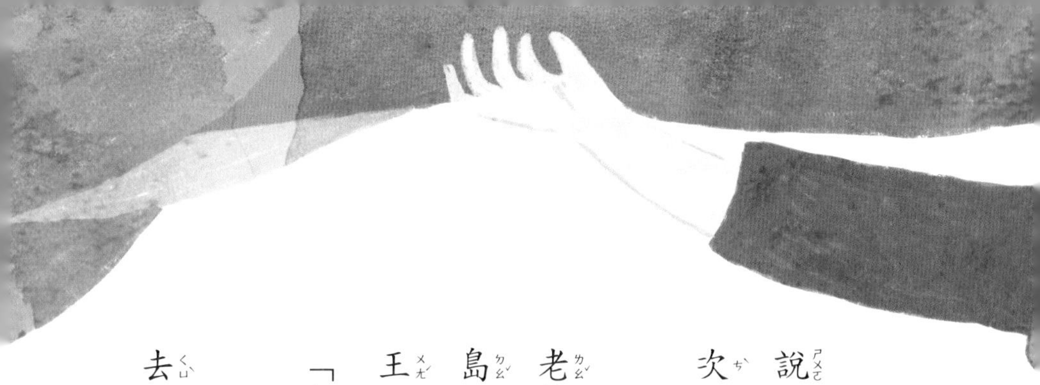

不管怎麼量，戰爭與和平的確一樣高。王后老媽說：「這樣好了，王位繼承延後一年。明年再比一次。」

哪知道，一年還沒到，天卻真的塌下來了。國王老爸伸出長長手臂，頂著天，要全國人民趕快逃出小島。戰爭說：「沒想到，天真的會塌下來，我不當國王了。就算當，也不負責！」和平搖搖頭說：「沒想到，有時比喻會變真的。」

國王老爸則大聲叮嚀兩兄弟：「到外地去，哥哥要照顧弟弟。」

不過，戰爭一向最討厭的字眼就是「照顧」，所以當兄弟倆在外流浪時，戰爭只管自己。到頭來，和平終於知道，這輩子也都必須靠自己。

《戰爭與和平》是俄國作家托爾斯泰的長篇小說，一八六九年初版。以十九世紀初拿破崙征服歐洲期間為背景，敘述發生在俄羅斯三個貴族家庭的故事。在戰爭與和平的動盪中，帶領讀者領悟人生真諦。適合高中以上閱讀。

作者說

和平不會從天下掉下來

如果翻開人類的歷史，一定看得出來，戰爭與和平，永遠在各個國家之間輪流出現。總有貪婪的人想發動戰爭，讓自己得到更多。戰爭久了，也才會知道和平是可貴的。和平，必須靠人類自己領悟、獲得，所以本篇故事最後，「必須靠自己」意味著和平不會從天上掉下來，要靠人類努力。

超馬童話作家

王淑芬

王淑芬，臺灣師範大學畢業。曾任小學主任、美術教師。受邀至海內外各地演講，推廣閱讀與教做手工書。已出版「君偉上小學」系列、《我是白痴》、《小偷》、《怪咖教室》、《去問貓巧可》、《一張紙做一本書》等童書與手工書教學、閱讀教學用書五十餘冊。

最喜愛的童話是《愛麗絲漫遊奇境》與《愛麗絲鏡中漫遊》，曾經為它做過好幾本手工立體書。最喜愛書中的一句話是：「我在早餐前就可以相信六件不可思議的事。」這句話完全道出童話就是：充滿好奇與包容。

黑貓布利：誰是老大？

賴曉珍
繪圖／陳銘

酪梨小姐收到一封喜帖，愁眉不展。

布利問：「怎麼啦？是討厭的人要結婚，不想去嗎？」

酪梨小姐說：「不是的，新娘安妮是我的高中同學，我為她高興都來不及呢！只是，我害怕參加她的婚禮，因為會遇到很多老同學，其中有我不想遇見的人！」

布利說：「我很少聽你說『害怕』兩個字，看來『那個人』一定很可怕！我陪你去怎麼樣？喔喔，不行，這樣沒人看店了。」

「你陪我去當然沒問題，到時候鎖上店門，掛上『外出中』的牌子就行了。只是，你去做什麼？」

「保護你呀！如果『那個人』欺負你，我就跳出來對付他。」

酪梨小姐忍不住哈哈笑說：「謝謝你。不過，事情或許不是你想的那樣。嗯，有你幫我壯膽也好。那我寄回回函，說我會攜伴參加嘍！」

自從決定參加婚禮後，酪梨小姐變得很緊張。

她說自己很喜歡新

娘安妮，想送她一份結婚禮物——結婚蛋糕——祝福她！

「我要做兩個小蛋糕，一個給新娘，一個給新郎。請飯店在筵席最後上甜點時為我送上，給新人一個驚喜。」她說。

酪梨小姐每天研究食譜，晚上打烊後在烘焙廚房試做，常常做到天快亮了才休息一下，然後又準備開店。

布利說：「放輕鬆啦，有我陪你，怕什麼？你看你，睡眠不足，黑眼圈、皮膚沒光澤，這樣參加婚禮『臉色不好看』喔！」

酪梨小姐趕緊照照鏡子，說：「慘了、慘了，我看起來好邋遢，一定會被『老大』嘲笑！不行、不行，我要找時間去做臉，還要去美容院做頭髮。對了，還要買一套新禮服，那幾件舊的，老同學都看過了，不能再穿了……」

布利不懂，酪梨小姐怎麼變得更緊張了？

「那個人」究竟是誰，讓她這麼害怕？難道是她剛剛說的「老大」？

婚禮前一天晚上，酪梨小姐完成了兩個小巧的結婚蛋糕，小雖小，但是精緻高雅。

她還多做了一個當作第二天的早餐。哇！布利覺得好好吃喔。酪梨小姐點點頭說：「你說好吃，我就放心了。」

婚宴在一家豪華飯店舉行。布利第一次踏進這麼高級的飯店，幸好酪梨小姐為他租了一套燕尾服，讓他可以「衣著光鮮」的走進

來。

他們進婚宴會場前，酪梨小姐提著兩個小巧的結婚蛋糕到廚房，跟經理和領班講了她「給新人的大驚喜！」計畫。

領班說：「這種『婚宴驚喜』我們常做，很擅長，沒問題！」

進了會場，酪梨小姐東張西望，好像在找人，又好像要避開什麼人。

突然，有個聲音喊她：「酪梨，這裡、這裡！我們坐『高中同學桌』，座位都安排好了，桌上有名牌喔！」

酪梨小姐走過去，跟老同學們寒暄一番後，和布利一起坐下。她左手邊的座位是空的，客人還沒來；酪梨小姐看見名牌上的名字，臉色變得很難看。

「酪梨小姐，你不舒服嗎？」布利問。

她臉色發白的說：「胃突然不太舒服，大概是早餐牛奶喝太多

了。」

奇怪？酪梨小姐從不會對乳製品過敏哪！

沒多久，出現一個穿大紅禮服的女生，頭髮染成亮金色、燙個大波浪捲，「喀喀喀！」踩著紅色高高高跟鞋，像帶著一陣颼風似的走過來，一屁股坐在酪梨小姐左手邊的座位上。她下巴抬得高高的，眼睛看上不看下，好像自己是哪國的女王。

全桌人都沒有說話，低下頭等她坐下。布利感覺旁邊的酪梨小姐好像在發抖呢！

這個女生是誰啊？布利偷偷給她取了外號叫「紅女王」。

紅女王說：「大家怎麼不說話呢？聊天哪！唉喲，我最近忙死了，原本安妮拜託我幫忙籌畫婚禮，還要我當首席伴娘，我實在忙不過來，推掉了。不過，你們等會兒仔細看，婚宴中會推進來一座超霸氣的五層結婚蛋糕，那可是我男朋友家的食品廠製作的喔！」

酪梨小姐一聽，臉色更蒼白了。

紅女王嗓門大，霹靂啪啦講一堆有的沒的，布利覺得很奇怪，為什麼大家都好像「部下」乖乖聽她的？尤其是酪梨小姐，簡直抬不起頭來。

不知道過了多久，紅女王才轉頭看酪梨小姐，說：「咦，是你呀？怎麼一直沒發現是你坐在我旁邊？你還是這麼不起眼，不過，變瘦了。嘖嘖嘖，這套粉紅色禮服不適合你，我勸你以後別穿了，還有，別買廉價衣服，我幫你介紹幾家我常去的精品服飾店……」

酪梨小姐滿臉通紅，卻頻頻點頭。

布利想，什麼嘛！你穿那套紅禮服才像醜八怪呢！酪梨小姐怎麼回事？你應該回嘴呀，為什麼都不說話呢？

紅女王又說：「對了，聽說你開了一家甜點店，生意好嗎？不會是因為生意不好才變瘦的吧？如果做不下去，可以來找我，我介紹你到我男朋友家的食品廠上班！」

酪梨小姐眼眶溼溼的，眼淚快奔流出來，只是一直強忍著。

幸好，紅女王將矛頭轉向其他人，一一開大家惡劣的玩笑。怪的是，都沒有人回嘴。

酪梨小姐站起來，說她去一下洗手間。

她一走，布利也站起來，跟著去。

酪梨小姐不是去洗手間，而是朝飯店廚房的方向走。

「酪梨小姐等等我，你怎麼了嘛！」布利在後頭追喊。

酪梨小姐轉身看到布利，忍不住嚎啕大哭，邊哭邊嚷：「慘了慘了，我臉上的妝全糊了，一定又會被她笑，嗚……等會兒要去補妝才行……」

「你今天怎麼回事？」布利把她拉到一旁說：「剛剛那個

紅……喔不，你旁邊那個女生好壞，她對你說話那麼刻薄、沒禮貌，你為什麼不回嘴？」

酪梨小姐稍微停住眼淚，哽咽著說：「那是有原因的。我高中時長得很胖，一直很自卑，也很怕沒有朋友。當時，班長莉莎是全校風雲人物，班上一群女生整天圍著她，還推舉她為『老大』，組了一個『超女幫』。我好羨慕她們，好想加入她們！」

布利點點頭說：「這種心情我能理解。然後呢？」

「然後，我一直討好她們，拜託她們讓我加入，當然啦，一定要老大莉莎同意才行。我花了一學期，每天烤甜點帶去學校給她們吃，終於獲准加入；不過，我在『超女幫』排名最後，也就是說，我必須幫大家做事，不能拒絕。」

「這樣對嗎？你幹嘛委屈自己？」

「沒辦法，我太想加入她們，太想要有朋友了。」

「所以，那個紅女王……喔不，紅魔鬼，便一直這樣欺負你嗎？她就是你害怕遇見的『那個人』吧？酪梨小姐，這是『霸凌』耶，你應該反抗，不然她會永遠欺負你。況且，你早就從學校畢業，已經不是以前的你了；她也不再是老大，你怎麼還怕她呢？對了，你急著去廚房做什麼？」

「我想跟領班說，等會兒不要送我做的小蛋糕了，因為那一定比不上莉莎男朋友家做的豪華大蛋糕。」

「胡說、胡說！你做的蛋糕那麼好吃，早上你還那麼有自信的，怎麼現在變這樣？況且這又不是蛋糕比賽，又不會排名次。你的心意最重要，不是嗎？」

「布利，你真的這麼認為？」酪梨小姐終於不哭了，說：「還有，你覺得我應該為自己出聲嗎？」

「當然，這種事還要問我嗎？你應該早就心裡有數，只是忍耐著不

敢表達。小心這樣會得『內傷』喔！」

酪梨小姐聽了破涕為笑。

於是，她到洗手間補了妝，跟布利一起回到婚宴會場。現在，她的神情自若，不再畏畏縮縮，跟先前完全不一樣。

當她坐下來時，連身邊的紅女王都感受到她變得不一樣，略微吃驚的看她一眼，不過，馬上又擺出嘲笑的表情說：「怎麼去那麼

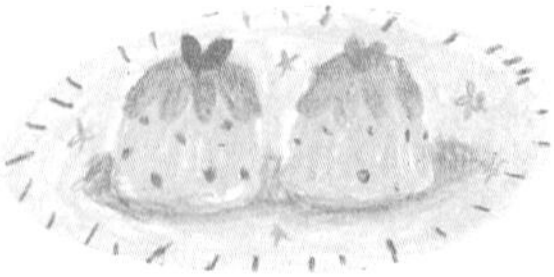

久？還要護花使者呀？本來以為你大概跌進馬桶裡爬不出來，差點兒要找人救你了。」

「謝謝你的關心。」酪梨小姐說：「我幫安妮跟新郎做了兩個小小的結婚蛋糕，剛剛順便去廚房，提醒他們等會兒別忘了送出來。」

「哦，你也帶蛋糕來呀？哈哈，那我們可以較量一下。」

酪梨小姐說：「我沒有要比賽的意思，只想表達我的心意跟祝福。」

紅女王突然愣住，沒再說話。

布利心想，酪梨小姐，這就對了，這才像你嘛！

婚宴結束，新人送賓客時，新娘安妮特地跟酪梨小姐說：「酪梨，謝謝你，那個蛋糕太好吃了。先跟你說好，等我生了小寶寶，要跟你訂彌月蛋糕喔！」

「沒問題，我一定做到最好。」酪梨小姐抱抱安妮，說：「恭喜你！我好為你高興。」

他們要走出飯店時，布利看見一身大紅禮服的紅女王，正要踏上一部豪華轎車，突然看見他們，停了一下說：「酪梨……我……」

酪梨小姐走過去說：「莉莎，再見喔！」

「你一定很不希望遇見我吧？」紅女王說：「剛剛我特地跟安

妮要了一口你做的結婚蛋糕嘗嘗，果然好吃。你很厲害！」

酪梨小姐愣住了，從沒想過莉莎會稱讚她。

「其實，我以前一直很嫉妒你。」紅女王說。

「嫉妒我？」

「嗯，因為你功課好，待人親切，多才多藝，而且很早就確定自己的人生目標；而我，只是長得漂亮，表面風光，其實我知道自己內在不足，所以很早就學會『虛張聲勢』，讓別人害怕我，想藉此得到尊敬。其實，我早就知道這是不對的，但奇怪的是，我只要看到你，便有那種『壞習慣』，也許是因為你都不反抗，我就更氣、更想欺負你吧！」

酪梨小姐愈聽愈驚訝。

紅女王繼續說：「我從來沒有得到過真正的友誼，但是，你卻有這麼好的朋友，今天我更嫉妒你了。呵呵！」她看了布利一眼。

布利臉紅了。

紅女王說：「我為以前欺負你的事，向你道歉。希望下次見面時，我們能真正成為朋友。」

「好的。」酪梨小姐點點頭

說：「期待我們下次見。老大！」

「別叫我『老大』了，聽起來好諷刺。哪有排名啊？我們是平等的。我現在宣布『超女幫』解散，我不再是老大！對了，等我結婚時，要請你幫我做結婚蛋糕喔！」

酪梨小姐露出驚喜的表情。

「我男朋友家的食品廠生產的蛋糕，不夠格上我的婚宴。我的結婚蛋糕要靠你了！」

「沒問題！」

酪梨小姐露出自信的微笑。

布利也笑了，看見酪梨小姐終於變「正常」了，他好開心哪！

作者說

自我肯定 走出愛比較的陰影

愛比較是人的天性。因為比較，便有了競爭與排名，比如說：誰的功課第一名，誰長得最漂亮，誰最會跑步，誰最受歡迎……等等。在比較與排名中，人不禁會產生嫉妒的情緒；而有了嫉妒的情緒，便往往會不理智的想傷害對方或贏過對方，結果，造成彼此的不愉快，也錯失了珍貴的友誼。這回，酪梨小姐掉入了舊日「比大小」的麻煩裡，最後她克服了心理障礙，走出過去「老大」的陰影。

超馬童話作家

賴曉珍

出生於臺中市，大學在淡水讀書，住過蘇格蘭和紐西蘭，現在回到臺中專心當童書作家。寫作超過二十年，期許自己的作品質重於量，願大小朋友能從書中獲得勇氣和力量。

曾榮獲金鼎獎、開卷年度最佳童書獎（橋梁書）、九歌現代少兒文學獎，其他得獎記錄：九歌年度童話獎、國語日報牧笛獎、好書大家讀年度最佳少年兒童讀物獎等，已出版著作三十餘冊。

野豬灰熊
大小變變變

王家珍
繪圖／陳　昕

驚蟄清晨，天還沒亮，黑喜森林發生大地震！動物被震醒，在睡眼矇矓中驚慌逃跑，野牛被樹根絆倒，下巴重摔在地，痛得飆淚；山羊被卡在兩棵枯樹中間，動彈不得；狐狸寶寶搶著從地洞衝出來，你推我擠、互相碰撞，東倒西歪滿地滾……雖然頭痛、腳傷、屁股麻，大家都慶幸能逃過一劫。

太陽爬出山頭沒多久，黑喜森林又發生餘震，最高峰黑鹽山頂，一塊清晨才被地震嚇醒的大石頭，又被餘震搖晃，身子一歪，離開坐鎮千萬年的寶座，翻滾下山，發出打雷似的轟隆巨響！

動物們一大早就經歷兩次驚嚇，除了灰熊媽媽，大家再度逃過一劫。

小灰熊在黑甜懸崖旁的空地跟斑馬蝴蝶玩耍，又跑又跳，灰熊媽媽好擔心，伸長手臂守在懸崖邊，像座移動式護欄。

當灰熊媽媽聽見轟隆巨響，看到那顆迎面飛來的大石頭，已經來不及走避。

大石頭像巨大的保齡球，「碰」的一聲，撞倒灰熊媽媽，帶著她飛落懸崖。

小灰熊目睹一切，跑到懸崖邊，對著溪谷大喊：「媽媽，你要去哪裡？」

溪谷好深，小灰熊嚇得頭暈目眩腿發軟，坐在地上哭，不知道該怎麼辦。

剛才那隻漂亮的斑馬蝴蝶從溪谷飛上來，繞著小灰熊飛。

小灰熊盯著斑馬蝴蝶，斑馬蝴蝶一邊飛，一邊往森林裡去，好像招呼著小灰熊跟她走。

小灰熊站起來，跟著斑馬蝴蝶往森林裡跑，他只顧盯著斑馬蝴

蝶，一不小心踩到溼潤的青苔，腳步一歪，摔進溼滑黏膩的泥巴坑，眼睛和鼻孔都塞滿爛泥巴。

小灰熊一邊掙扎一邊哭叫！不知道從哪裡冒出來的野豬，把小灰熊撈出泥巴坑，小灰熊一踩上堅硬地面，就把身上泥巴甩得四處噴飛。

野豬阻止他：「不要亂甩！髒死了！你是哪裡來的冒失鬼？在我的地盤搞什麼鬼？」

「我是灰熊，我要找媽媽！」小灰熊邊說邊吐出一坨爛泥巴。

野豬說：「在泥巴坑找媽媽？原來是隻離家出走、找不到媽媽的小壞熊！」

野豬有點擔心：如果灰熊媽媽突然出現，看到渾身泥巴的小灰熊，以為我欺負她的寶貝，熊掌一揮，把我變成「野豬肉排」，那可不妙！

野豬東張西望、找好退路，準備逃跑。

「離家出走的是媽媽，不是我！媽媽跟著大石頭飛下溪谷，我要去溪谷找媽媽。」從沒離開過媽媽的小灰熊，一想起媽媽就哭了起來。

灰熊媽媽跟著大石頭飛下溪谷？那不就表示小灰熊變成孤兒了？

天哪！這隻小灰熊年幼無知，沒有媽媽照顧，很快就會變成其他動物的「灰熊開胃小肉排」，這可不妙！

小灰熊從低聲哭泣變成嚎啕大哭，野豬恐嚇他：「不要哭，大野狼聽到哭聲就會來吃掉我們！」

小灰熊被野豬一吼，哭得更大聲：「哇！人家肚子餓餓了！」

野豬說：「你哭，肚子就不餓了嗎？先去那個小水池把泥巴洗乾淨，這幾個番薯才給你吃。」聽到有番薯吃，小灰熊乖乖照做。

小灰熊一邊吃番薯，一邊想媽媽，一邊哇哇大哭。

野豬的腦筋轉得飛快：這隻灰熊年紀小、可塑性高。憑我的聰明才智，一定可以把他「教育」成「不吃豬肉」的大灰熊，有「灰熊麻吉」當靠山，我就可以在黑喜森林當老大！再也不怕大野狼！

小灰熊把番薯吃光光，問：「你是誰？」

野豬說：「我是高貴的野豬，名字叫『老大』。」

小灰熊說：「野豬，我肚子餓，我要找媽媽！」

野豬說：「粗魯的小灰熊！野豬是你叫的嗎？叫我『老大』！」

小灰熊說：「老大，人

家肚子餓餓了。」

野豬說：「喊三次老大，我才給你好吃的。」

小灰熊嘴巴喊：「老大！老大！老大！」心底卻偷偷想著，「老」大，「老」大，你的屁股又圓又「大」。

野豬做出「跟我來」的帥氣姿勢往前跑，帶著小灰熊在自己的「小」地盤繞圈圈。沒辦法，溪谷兩旁都是大野狼的地盤，他不是野狼的對手，只能躲得遠遠遠。

野豬說香椿的嫩芽又香又好吃，小灰熊卻把整株香椿葉片吃光光；野豬說地瓜葉最美味，小灰熊卻把整株地瓜連根刨起，說地瓜才是好吃；經過馬鈴薯叢，野豬想給自己留點私房菜，快跑繞過，小灰熊卻一屁股坐下來，把馬鈴薯一個一個挖出來吃。

野豬大喊：「你年紀小、肚子小，吃太多不好消化；我年紀大、胃口大，吃太少營養不夠。快把馬鈴薯放下！」

小灰熊說：「我年紀小，多吃才能長高長壯；你年紀大，多吃只會變胖，變胖會跑不快，跑不快就會被大野狼吃掉。」

「我是老大，力氣比你大，我說了算！」野豬推開小灰熊，把馬鈴薯掃到自己面前。

小灰熊身材小、力氣小，但是脾氣很大，媽媽找到食物都讓他先吃，不像貪吃的野豬，抱著馬鈴薯大吃特吃。

小灰熊又餓又生氣，決定自己去溪谷找媽媽。

小灰熊在森林裡亂跑，兩隻餓壞了的獾，盯上落單的小灰熊。他們分配任務：一隻鎖定後腿，緊咬不放；另一隻鎖定脆弱的脖子，一口斃命。

兩隻獾同時起跑、左右包抄，同時躍起、撲向小灰熊。

小灰熊瞄到危險，縮起脖子、扭著屁股跳開，躲掉首波攻擊，他爬上旁邊大樹，大聲呼叫：「野豬，救命啊！」

野豬一發現小灰熊偷溜，就跟在他後面，遠遠看到兩隻獾的鬼祟行徑，便氣勢洶洶的衝過來，前腳撞開一隻獾，結實有勁的後腿把另一隻獾踹飛。

兩隻獾知道野豬不好惹，不敢撒野，嚇得落荒而逃！

野豬對攀在樹幹上發抖的小灰熊說：「下次要叫救命，得先喊我老大，知道嗎？」

小灰熊才說一句：「老大，帶我去找媽媽！」就哭得唏哩嘩啦。

野豬只好說：「不哭！馬鈴薯都歸你，吃飽了去找你媽媽。」

日出日落，月亮變胖又變瘦，野豬帶著灰熊在黑喜森林過日子。

灰熊長得和野豬一樣高壯了，每次野豬叫灰熊喊她老大，灰熊就會對她做鬼臉。

「池塘裡有魚！」灰熊衝進池塘，對著池水又揮又拍，老半天才捉到一條魚，坐在池塘中央石頭上開心大嚼，一臉滿足。

野豬站在岸上喊：「老大也要吃魚！」

灰熊說：「要當老大就來捉魚，想吃魚就叫我老大。」

野豬說：「我年紀比你大，永遠是你的老大！」

灰熊說：「我才是老大！你年紀老，屁股又圓又大！」

野豬惱羞成怒，扭頭就走，丟下一句：「小壞熊你吃魚，老大我去找你媽媽。」

灰熊一聽，急忙把魚丟給野豬，說：「老大吃魚，吃完帶我去找媽媽。」

野豬嘗到美妙的魚鮮味，一臉滿足，邊剔牙邊說：「我沒白疼你，多弄些魚來孝敬老大，等老大吃飽就帶你去找媽媽。」

夕陽西下，全身溼透、筋疲力盡的灰熊和吃飽了撐著的野豬，趴在樹下休息。

灰熊問：「什麼時候帶我去找媽媽？」

野豬說：「天黑了，溪谷是大野狼的地盤，還沒找到媽媽就會被大野狼吃掉，明天再說吧！」

日出日落，月亮變胖又變瘦，野豬跟大灰熊在黑喜森林過日子。

大灰熊長得比野豬高、比野豬壯，每次野豬抬頭仰望大灰熊，叫大灰熊喊她老大，大灰熊總是笑著回答：「老野豬，你的屁股又圓又大！」

有一天，野豬和大灰熊追逐幾隻野雞，野豬緊跟著野雞跑，大灰熊卻停在大樹後方尖叫：「不要再過去了！」

野豬停下腳步，這才發現她就站在黑甜懸崖邊。

野豬往下看，溪谷好深，她嚇得頭暈目眩腿發軟，趕緊往後退。

她猶豫該不該跟大灰熊說出事實，幾番掙扎後說：「你媽媽真厲害，竟然可以抱著那麼重的大石頭，一起飛下去！」

大灰熊說：「我覺得媽媽不是抱著石頭飛下去，她是被石頭撞到，掉下去……」

氣氛瞬間凝結，空氣也凍住了。

大灰熊嘴唇抖動，好像快哭了！

野豬不想看大灰熊哭，靈機一動，扯開嗓子唱：「我是一隻大野豬，我從來也不哭。有一天我遇見一隻愛哭的小灰熊，他邁開腳步向前跑，他心裡真得意，不知怎麼嘩啦啦啦，他摔了一身泥！」

大灰熊聽了，惱羞成怒，說：「誰愛哭？誰摔倒？你再笑我，我就……」

野豬搶著說：「你就要哭著求我帶你去找媽媽！」

大灰熊生氣了，他不說話，轉身跑走。

野豬跟在大灰熊屁股後面跑，假裝跌倒，甚至跳進泥巴坑發出巨大聲音，大灰熊都不回頭。

自討沒趣的野豬，老半天才發現她來到陌生的地方，走在陌生的草叢，她有點不安，放慢了腳步。

突然有一股奇妙好滋味從土裡竄出來，這該不會是……野豬把不安丟在腦後，大鼻子在土裡拱啊拱，挖出一顆超大松露！

野豬把松露塞進嘴巴，大口咀嚼，松露的美妙滋味在她嘴巴爆開！哇！太好吃啦！

野豬開心得跳起扭扭舞，她往左扭一扭，她往右扭一扭，她往上高高跳起來，再扭一扭！

「碰」的一聲巨響！

大野狼打從野豬闖入他的地盤就跟蹤她，野豬閉著眼睛，邊吃松露邊跳舞，大野狼瞄準野豬的肥軟大屁股，奮力飛撲！沒想到野豬突然往上跳，大野狼沒咬到野豬，一頭撞到地上大石頭，撞斷兩顆牙，痛得大聲哀嚎。

野豬落下來的時候，又圓又大的屁股又把大野狼壓個正著。

大野狼痛到喘不過氣，「嗷嗚」鬼吼著叫野豬滾開。

野豬發現自己坐在恐怖大野狼身上，嚇得厲聲尖叫。

大灰熊聽到狼嚎聲，也聽到殺豬似的鬼叫，快跑過來，先把野豬拉開，熊掌一揮，就把大野狼打飛。野狼撞到樹幹重摔在地，肋骨斷三根。

大灰熊警告大野狼：「今天放你一馬，如果再敢靠近我的『野豬老大』，我就要拔掉你的尾巴做成狼毛撢子。哼！」

日出日落，月亮變胖又變瘦，大灰熊帶著老野豬在黑喜森林過日子。

時間施展魔法，小灰熊長成大灰熊，成為黑喜森林的老大！歲月帶走青春，野豬變成老野豬，成為「黑喜森林老大」的「老大」！

因為愛與牽掛，灰熊老大甘願聽命於野豬「老」老大。

作者說

晉升老大的神奇力量：愛與關懷

小時候爸爸、媽媽是老大，我的夢想是快快長大，不用再聽大人的話，想做什麼、要去哪裡都很自由。長大後才發現，父母老了依然是老大，自由的代價很大，愛與親情是永遠的牽掛。

時間施展魔法，改變了野豬和灰熊的大小關係。不過，讓野豬晉升為老大的「老」大的神奇力量是——愛與關懷。

超馬童話作家

王家珍

出生於澎湖馬公，頭很大，但是年紀不夠老，還沒辦法當老大。大學畢業後進入英文漢聲出版公司編輯小小百科，從此與童書出版結緣。一九八九年以〈斗笠蛙〉和〈飛翔老鼠〉獲得民生報童話徵文獎後，便投入童話創作，多年來創作不輟。

鼴鼠洞第21號教室

亞平

繪圖／李憶婷

鼴鼠洞第21號教室是鑽洞課的教室，它是一間很大的教室。負責這間教室的老師是活力充沛的鑽老師。

鑽老師個頭並不高大，不過動作敏捷，行動快速，他的名言是：「鼴鼠天生就有『鑽』的使命，所以，孩子們，鑽吧，鑽吧，我鑽故我在。」

因為「我鑽故我在」，所以，鼴鼠洞的小朋友們每一年都要上鑽洞課，每一年也都有鑽洞課的考試。這堂課，只要沒有通過，就得留級，十分嚴格。

現在又到了上課的時間，小鼴鼠們聚精會神的聽著鑽老師講解地洞構造，學習各種鑽洞技巧。

「所以，這一次的考試內容就是鑽一條地洞到草原上去，如何？」鑽老師問。

「哎呀，太難了啦！」小鼴鼠們大叫。

「一點也不難。」鑽老師一笑，「第一年考試的內容是開一個洞；第二年考試內容是開洞並鑽十公尺遠；這兩項考試大家都過關了，今年只是鑽一條長一點的地洞到草原上去，有什麼難的

呢？而且，今年鑽洞最快的前五名，老師還準備了禮物，只有前五名，大家一定要好好把握……」

臺下小鼴鼠的聲音一片嗡嗡嚶嚶，分不清是興奮還是抱怨。

阿力無疑是開心的。

下了課，他對阿胖和阿發說：「我一定要拿下鑽洞比賽第一名。」

阿發說：「我相信你可以。」

阿胖說：「我也相信你可以。」

阿發說：「第一名阿力拿走了，那我就拿……第五名吧，第五名也有禮物呢！」

阿力和阿發握握手。

阿胖則是嘆了一口氣：「我只希望自己不要最後一名就好，上次鑽十公尺地洞，我是最後一個完成的；希望這次我能順利的看到草原上的太陽，不要看到草原上的月亮！」

阿力和阿發笑彎了腰，不過，他們還是和阿胖握了握手：「放心，太陽會等你的。」

✳

一週後，鑽地洞考試開始了。

所有的小鼴鼠們都好緊張啊！

鑽老師帶領大家到鼴鼠洞第21號教室外一面大的牆壁上，上面已經做好了記號。

老師說：「現在每隻小鼴鼠選一個記號，站在它前面；口哨聲響後就開始鑽。記住，目的地是草原，所以，往前鑽十公尺後就要往上鑽，千萬不要弄錯了方向，不然，草原上就看不到你了！」

「嗶——」哨音吹響後，小鼴鼠們開始鑽洞了。

每一隻小鼴鼠都好認真哪！

每一根爪子都發揮了最大的功用，挖土、扒土、往下、往上，隨心所欲，操縱自如，不過——

「阿光，你怎麼還帶水來喝？」鑽老師問。

「我……我怕挖到一半會口渴。」阿光小

聲的回答著。

鑽老師搖了搖頭。

另一邊，「阿胖，你怎麼帶餅乾來吃？」

「媽媽說，挖洞肚子會餓，要補充體力。」阿胖也小小聲的說。

鑽老師嘆了口氣，頭搖得像波浪鼓似的。

現在全部的鼴鼠們都已經順利開洞，並鑽進洞裡了，鑽老師大聲的說：「同學們，加油了，老師去草原上等你們囉，我來看看誰是第一名！」

老師一走，所有的小鼴鼠們更專心了，現在，他們所能依靠的，只有自己的身體和爪子！

地面上的草原，一如往常寂靜！風，吹過一陣一陣輕柔的笑聲，小鳥飛來一群，又飛走一群；千朵萬朵小花，正靜靜的享受日光浴。鑽老師好整以暇的坐在草原上，已經半個小時了。他有些心焦，他在等待第一個探出頭的小鼴鼠哇！

突然間，有動靜了。

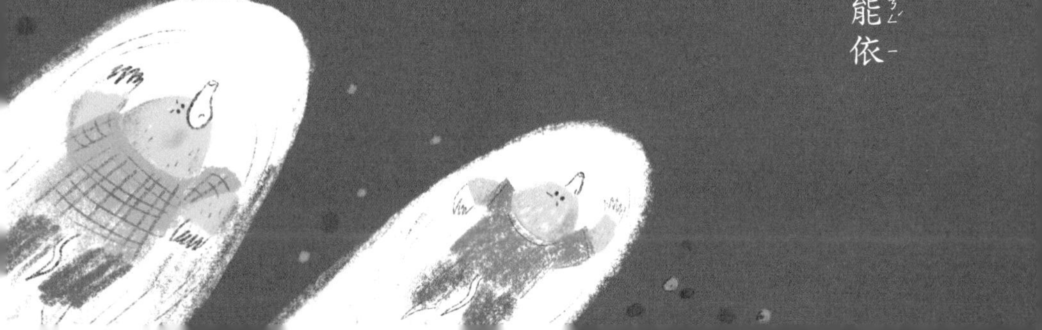

草原中間，忽然隆起了一個小土堆，然後，一個小巧可愛的頭顱探出來了——像是小雞破殼而出似的，小心翼翼、不知所措，直到鑽老師幫他掛上一個美麗的花圈，大聲喊著：「恭喜你，第一名！」

小小的頭顱才高興的笑了——阿黑鑽出洞來，在草原上又叫又跳。

第一名，真是不容易呀！

陸陸續續的，咚！咚！咚！第二名、第三名、第四名——也探出頭來了。

鑽老師好忙啊，忙著為探出頭的小鼴鼠們套花圈。他很怕自

己眼花，套錯花圈就不好了。

前五名出爐了。

六——十名也出爐了。

十一——十五名也出爐了。

當阿胖慢慢的從地洞裡探出那一顆肥胖的頭顱，大伙兒都給了他熱烈的掌聲。

「太好了，太陽還沒下山呢，終於鑽出來了。哎呀，鑽地洞真是辛苦哇，我的肚子又餓了！」

阿胖就是阿胖，永遠只想到吃。

鑽老師點了點名，所有的小鼴鼠都完成鑽洞課的考試了……不對，還少了一隻鼴鼠——阿力呢？阿力怎麼不見了。

阿發說，「阿力應該是第一個鑽出來的吧？」

鑽老師搖搖頭：「不，第一個鑽出來的是阿黑，我瞧得很仔細。」

「那麼，阿力去哪兒了呢？他不可能比阿胖慢哪？」阿發問。

「阿力的身手十分敏捷，應該很快就能鑽出地洞。」鑽老師也覺得奇怪。

「應該是鑽到一半，跑去吃東西吧！他最愛吃蚯蚓了。」阿胖說。

「要不然就是鑽到一半，睡午覺去了。」阿光說。

阿黑則是笑著說：「哈哈，該不會鑽到小河邊了吧！然後，掉進河裡，被河水沖走了！」

阿發和阿胖憤怒的瞪了阿黑一眼。

大伙兒在草原上找來找去，完全沒有阿力的蹤跡。

突然間，阿發指著遠方喊道：「看，那是誰？該不會是阿力吧！」

「在哪裡？」

「在那裡！」

鑽老師看到遠方有一個小小、快速的影子，那樣子看起來是阿力無誤！不過，他為什麼跑到那裡去，又為什麼跑得那麼快？

「咦，阿力的後面跟了一個大影子……」鑽老師瞇著眼睛仔細看。

「哎呀，不好！狐狸來了，是狐狸呀！」鑽老師大叫。

一聽是狐狸，所有的小鼴鼠也跟著慌了。

「狐狸來了，怎麼辦？怎麼辦？」

「狐狸不要吃我呀！」

「哎呀，好可怕！」

這群小小鼴鼠們第一次遇到狐狸這個可怕的敵人，大家都嚇呆了！

「快，同學們，趕快鑽進地洞裡，隨便哪一個地洞都可以，用盡你全身的力氣，鑽進去！」鑽老師大喊。

老師的命令像是定心丸似的，所有的小鼴鼠三秒鐘之內馬上找到地洞鑽進去了。

可是……

「老師，這個地洞太小了，我鑽不下去！」阿胖哭喊著。

「別急，老師來幫你。」老師幫阿胖把地洞的開口鑽大一些，然後把他塞進洞裡：「趕快鑽吧，鑽最慢的，會被狐狸抓走哇！」

阿胖驚恐的點點頭。

阿發還在洞口張望：「老師，你呢？你怎麼不趕快進來？」

「不行，我得等阿力。」

「來得及嗎？」

「一定來得及。你們趕快鑽進洞裡吧，你們都鑽進去了，我和阿力才有洞可鑽！」

阿發點點頭後，一溜煙，他的頭就消失不見了。

鑽老師看著所有的小鼴鼠都鑽進洞後，站在草原上指引著阿力。

「阿力，到這裡來！」

阿力雖然慌張，但他畢竟是隻動作敏捷的鼴鼠，看到鑽老師的手勢，就知道要怎麼做了。

在狐狸張嘴快要叼住阿力的一瞬間，阿力跳起來，整個身體像飛的一樣，穩穩的鑽進鑽老師指定的地洞裡；而鑽老師也在阿力鑽洞的一瞬間，順利的鑽進自己的地洞裡。

草原，一下子變得非常寂靜。

所有的小鼴鼠都不見了。

只剩下狐狸喘氣的聲音。

風依然輕輕的在草原上吹著，滴溜溜的聲音，好像在說：哈哈，抓不到，抓不到！

狐狸垂頭喪氣的走了。

✱

現在，小鼴鼠們又回到鼴鼠洞第21號教室外那一面大牆壁了。

不同於剛剛的驚恐，現在的小鼴鼠們個個可是神氣活現哪！

「狐狸有什麼好怕的，只要鑽進洞裡不就沒

事了！」

「我鑽進洞口時，還對著狐狸搖尾巴呢！」

「狐狸奔跑的速度，怎及得上我們鑽洞的速度！」

最後兩個鑽出洞口的是阿力和鑽老師。

一鑽出洞口時，阿力就大哭出聲：「老師，對不起，我不該把狐狸引過來。」

鑽老師嘆口氣說：「你是不該把狐狸引過來。不過，我很想聽聽這到底是怎麼一回事。」

阿力抹了抹眼淚，哽咽說出事情的經過：「我在鑽洞的時候，很不順利，一下子鑽到大樹根，一下子鑽到硬石塊，為了閃避這兩種東西，我的方向大概偏了45度，之後，我想再修正回來，但方向已經弄不清楚了。所以，當我鑽出洞口時，我是來到草原旁的灌木叢裡。」

「哇，那很遠呢！」阿發喊道。

「能鑽去那兒也不容易。」阿光說。

「我知道自己鑽錯地方了，就想趕快回到草原上和大家會合，可是，沒走多久，一隻小狐狸就盯上我了。我想甩開他，他卻緊追不捨。我不知道怎麼辦才好，只好拼命的往草原上跑去，看到你們，我跑得更急了，我不是故意要把狐狸引來的。」

阿力說完，又哭了起來。

「沒關係，平安就好。」鑽老師拍拍阿力的肩。

「被小狐狸盯上也不是你願意的事情，地面上就是危險多，遇到危險怎麼辦？鑽，就是了。一鑽天下無難事啊！」

鑽老師一番話，小鼴鼠們紛紛點頭稱是。

「所以，上鑽洞課一定要認真，這是可以讓大家保命的課程！話說回來，這次鑽地洞的考試，最後一名是阿力。阿力，最後一名要留下來打掃教室，你沒忘記吧？」

阿力點點頭。

「哎呀，今天這節課真是精采，又是鑽洞、又是逃命！」鑽老

師伸伸筋骨喊道：「前五名的進來跟我領獎品，最後一名的留下來掃地。下課。」

阿力對阿黑說：「這次先把第一名讓給你，下次我要搶回來！」

阿黑說：「隨時候教。」

阿胖說：「好棒啊，這次我不再是最後一名了，我是倒數第二名！」

作者說 只要盡力，就是贏家

這個故事的靈感來自於打地鼠遊戲。

我只要想到草原上一顆顆鼴鼠頭冒出來，再一顆顆不見了，就覺得很可愛。

至於排名先後，誰贏誰輸——其實，只要盡了力，有了收穫，每個人都是自己的贏家。

超馬童話作家 亞平

臺東大學兒童文學研究所碩士，國小教師、童話作家。投入童話創作十幾年，燃燒內心的真誠和無窮盡的幻想，為孩子們帶來觸手可及的愛與溫暖。喜歡閱讀、散步、旅行、森林和田野，尤其迷戀迅即來去的光影。

曾榮獲九歌年度童話獎、國語日報牧笛獎、教育部文藝創作獎等，著有《月光溫泉》、《我愛黑桃7》、《阿當，這隻貪吃的貓！》一～三集、《貓卡卡的裁縫店》一～二集、《狐狸澡堂》一～二集。電子信箱：yaping515@gmail.com。

天天貓：老大遊戲

林世仁
繪圖／李憶婷

「好大呀！」

我從床上彈跳起來，抓緊棉被擋在胸前，雙手忍不住發抖。大眼睛轉過來，瞪著我。「幹嘛？不認得我了？」

好一會兒，我才認出牠是天天貓。

老天，那眼睛簡直大得像南瓜，毛茸茸的大頭都快頂到屋頂了。

「走吧！」牠輕哼一聲，我聽著好像打雷。

我怕牠把屋頂給掀了，跟著走，一句話也不敢吭，腳還止不住的抖啊抖。

天天貓變這麼大，是生我的氣？還是我小時候做了什麼可怕事，惹牠這麼不開心？

沒關係，我安慰自己：反正走出門，牠不是變成金龜子，就是小文鳥，沒什麼好怕的！

可是，天天貓沒有縮小，還彎腰一拱，把我拱到背上。

老天——我有懼高症耶！

可是牠那麼大，我根本不敢抗議。

牠蹦起來，咻咻幾聲，跳進一個村子口。

啊，是我小時候的村子口！

一個小男生在耍寶刀，兩個小男生在旁邊拍手。

哈，耍寶刀的小男生是我耶！

那是一把白色的塑膠刀，紅紅握柄還配上一個紅色刀套。村子裡，就只有我手上這一把，大家都好羨慕呢！

我學電視裡的大俠，握著刀，左耍過來，右耍過去，還真有模有樣。

天天貓一蹦就站在小時候的我的背後——

咦，三個小男生一點也沒吃驚的樣子。他們看不到我和天天貓嗎？

小時候的我好像變得更高壯、更精神，耍刀耍得更漂亮了。

「好棒！好棒！」阿雄拍著手說：「我去找郭小菁來看好不好？」

「好哇！」我點點頭，阿雄像領旨一樣，急急跑去找人。

郭小菁是班上美女，她能來看我耍刀真是太好了。

我耍得更起勁，好像大俠再世。

「呼——呼——郭小菁不在——」阿雄氣喘吁吁跑回來。

「好可惜呀！阿仁耍得這麼帥！」阿義說。

哼，美女不能來，大俠我好失望啊！

「可惡的小嘍囉，看刀！」我唰唰唰，斬了阿雄，又砍了阿義好幾刀。

「啊啊啊——」阿雄、阿義都很配合，乖乖倒下去又站起來，繼續讓我再斬再砍。

「哈哈哈，老阿公在砍柴呀？」對面村子的阿肚不知從哪裡竄出來。

「敢不敢跟本大俠比劃一下？」阿肚揮著手裡的籐條。

阿雄、阿義都躲到我背後。「誰怕誰？」我橫刀一比，往前一站。

天天貓卻一個縱身，跳到阿肚背後。

拿著刀的我，一下子從大俠變成了小蝦。咻咻咻，我的刀碰不到阿肚，他的籐條卻狠狠抽在我身上。

「哎喲！哎喲！」我手上的刀一下被打掉，手臂連挨了好幾下。

坐在天天貓身上的我忽然明白了，牠在誰背後，誰就是強者。

「天天貓！快回到小阿仁背後！」

「你以為我能自己決定嗎？」牠笑得賊兮兮的，害我不知道，牠是不是在說謊？

阿肚占了上風還不罷休，一腳把我拐倒，跨坐在我身上。

「大俠？我看是大蝦吧？」他把我的肩膀壓得好痛，「還不求饒！」

我看著被壓在地上的我，又急又氣，偏偏又幫不上忙。我真怕那個我會說出什麼丟人、求饒的話。

「你在幹嘛？」一個宏亮的聲音響起來。

啊，是阿慶哥。

阿慶哥是國中生，人高馬大，一伸手就把阿肚拎起來，一甩。

「跑來我們村子裡欺負人？」

阿肚往後跌跌撞撞，抓著籐條揮啊揮——不，是抖啊抖——

他好像想罵什麼，卻一句話也吭不出聲，夾腿就跑。

不用說，天天貓此刻又換到了阿慶哥背後。

阿慶哥扶起小時候的我，又看著阿雄、阿義。「你們一對一打不過阿肚，三個加起來還怕嗎？為什麼縮在旁邊不敢出手，讓阿仁一個人被欺負？」

阿雄、阿義低著頭，脹紅了臉。

等阿慶哥離開，換小阿仁脹紅了臉。

唉，在他們面前被阿肚欺負，小阿仁再也沒臉當他們的頭兒了。

「你就是要帶我來看我小時候的糗事？對吧？」我拍拍天天貓。

「不，我是帶你來看小阿仁有多厲害。」天天貓笑了一聲，又蹦起來。

這一跳，跳進了學校課堂。

天天貓又站在小阿仁後面。

看到阿倉，我知道這是哪一天了！

阿倉一上午都低著頭，悶著臉，直到第四堂課，我們才知道：他沒有錢買午餐。

美麗的女老師露出天使微笑，立刻幫他買來一個便當。

「我要坐在林世仁旁邊吃！」阿倉舉起手說。

小阿仁嚇一跳：我這麼受歡迎啊？

老師微笑的看向我，說：「你就坐過去陪他吃吧。」

小阿仁走過去，不用說，天天貓就站在他背後，像個透明的大影子。

阿倉開心打開便當，開始吃……

小阿仁跟阿倉說著話，又看看老師，大概想表示：我有認真陪他吃喔！

當小阿仁又看向老師，老師笑得好美麗，問：「有什麼事嗎？」

啊，我記起來了！

真希望小阿仁別開口、別說話啊！轉回頭——轉回頭去跟阿倉說話，別跟老師說——

沒有用。我還是聽到了，小阿仁跟老師報告的聲音。

「阿倉說——便當不好吃。」

老師的笑容僵在半空中，沒說話。

副班長王國強朝小阿仁望過去，我看到了！他的眼睛在笑。

唉，只是一個眼神，天天貓竟然就跳到他背後。這個勢利鬼！

「喂，誰強你就靠向誰，你有沒有良心哪？」我罵牠。

天天貓只是聳聳肩。「你以為我喜歡嗎？還有更糟糕的呢！」

牠蹦起來，一下子又把我帶到村子外的小山腳。

我看到小阿仁拿著樹枝在玩，一隻老髒貓看到他，嚇得躲進汽車底下。

「看你躲哪去？」小阿仁用樹枝往汽車下戳。

天天貓站在他背後，寒毛都豎了起來。

「那隻貓……不會……不會是你吧？」我小心問。

天天貓只是生氣的弓著背，差點兒把我摔下來。

「弟弟，不要欺負貓喔！」一個破銅爛鐵的聲音響起來。

天天貓好開心，一下就蹦到她身後。

是瘋婆婆！

小阿仁嚇得丟了樹枝，一溜煙跑了。

「弟弟——」瘋婆婆好像要說什麼，小阿仁早就溜不見了。

老髒貓鑽出來，偎著瘋婆婆撒嬌。

「好啦好啦，你究竟想告訴我什麼？」我忍不住問天天貓：「我現在知道了，我在童年時，有時候是老大，有時候是孬種。可以了吧？」

「老大？」天天貓不屑的用鼻子噗哧哼了口氣，「你當孬種的時間比較多吧？」牠忍不住用大大的背蹭了一下瘋婆婆，就蹦一聲跳走了。

我們又要到哪去？是去看我當老大，還是當孬種？

「咻——碰！」

「咻——碰！」

啊，是除夕夜。我們村子跟對面村子，隔著廣場在開戰！

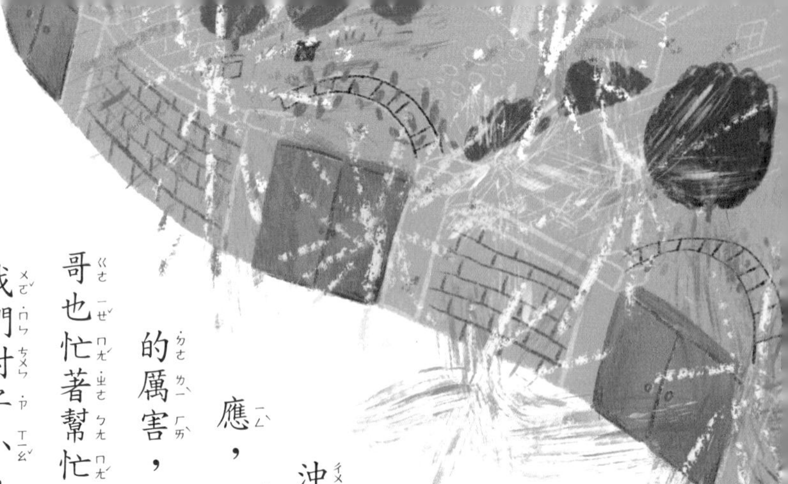

天天貓跟在阿慶哥後面，只見他走來走去發號施令。「快，沖天炮架好了嗎？要趁對方來不及反應，一舉炸過去！一定要讓他們知道，咱們村的厲害，不能讓他們老是撈過界來欺負我們！」阿海哥也忙著幫忙調度：「對！一定要打贏那群渾小子！」

我們村子小，卻很團結，大家都把家裡的「火藥」搬出來：沖天炮、水鴛鴦、大炮、連環炮……

「好了嗎？快，快，快，一起炸過去嚇死他們。」阿慶哥說。

我們手腳加快，把沖天炮一字排開。小阿仁雖然不敢丟大炮，架沖天炮還沒問題。

可惜對面村子人多，手腳硬是快我們半步！

「咻——碰！」「咻——碰！」「咻——碰！」

我們被炸得跳手跳腳，哇哇亂叫。

「穩住！穩住！」阿慶哥大叫：「快還擊！」

「咻——碰！」「咻——碰！」

不知道是不是後發氣勢弱，我們打過去的炮彈，連聲音都顯得無力。

「加油！加油！」阿海哥也急了，抓起沖天炮就往對面丟。

沒有用，對面村子的人都比我們大，我們只有阿慶哥、阿海哥是國中生，其他都是小蘿蔔頭。眼看陣地就快被對方炸破了……

咦，天天貓怎麼沒跳到對方頭兒的背後？還跟著阿慶哥？

「跟我來！」阿慶哥開始點名，我們立刻應聲靠過去。

「水鴛鴦帶好！」我們立刻滿口袋塞滿炮彈。

「我們繞過去。」阿慶哥一聲令下，我們幾個「敢死隊」立刻出發。

我們往左邊繞過廣場，潛進對面村子，再繞出來。

我們好興奮。「耶！從後面偷襲，賞他們幾發炮彈！」

「不，」阿慶哥說：「我們不幹那種事。」

他帶著我們深入敵軍村子。

「仗，我們是打輸了，但可不能白白輸掉！」阿慶哥率先把水鴛鴦丟進眼前的大門。「新年快樂——」

我們立刻懂了！這是「後方大轟炸」，一戶一個，家家有獎。

「新年快樂——碰！」「新年快樂——碰！」

「碰！」「碰！」

看別人丟好過癮，自己丟卻好心虛呀！

小阿仁一邊丟，一邊心跳得好厲害。

這樣好嗎？

顯然不好。

隔天，大年初一，阿慶哥就被禁足了。

敵軍村子的大人都跑來告狀，罵阿慶哥嚇壞他們了。

阿慶哥倒很大氣，一個人全承擔下來，沒出賣半個人。

「禁足算什麼？總不能讓他們白白贏了，對吧？」

帥！輸了也一樣可以是老大。這是我從阿慶哥身上學到的。

我悄悄把那把寶刀放在阿慶哥的房門口，表示感謝和敬佩。

我從來不知道阿慶哥看到那把刀，心裡在想什麼？

「想知道嗎？」天天貓像會讀心術，背一拱，一下就蹦進阿慶哥的房間。

老天，我看到一向是孩子頭兒的阿慶哥，拿著寶刀，左甩過來，右甩過去……開心得就像一個小小孩。

原來，當老大的，心中也有小小孩的一面哪！

天天貓又變回原來大小，說：「這是你小時候，少數做過的好事之一喔。」

「呸！呆貓！」我罵牠：「我比你想像得更棒好不好？」

「嘿，我變大你就怕我，我變小你就罵我！」

天天貓咧開嘴：「要不要我再變大啊？」

當然不要。

呵，知道我這個小嘍囉也曾經讓老大開心，

我忽然覺得，天天貓也沒那麼討人厭了嘛！

作者說 每個人心裡都住著老大和嘍囉

人是群居動物，有群體就有比較。強的當老大，弱的當嘍囉，這好像是自然法則。當老大，人人愛，但卻不是人人適合；當嘍囉，沒壓力，卻也沒法出風頭。其實，在每一個人的心裡都有兩個人：一個是老大，一個是嘍囉。有時候，我們想支使別人；有時候，我們愛聽別人的命令行事。老是當老大，太辛苦；老是當嘍囉，太委屈。在生活中，誰大誰小？還是輪流當一下，比較健康喔！

超馬童話作家 林世仁

文化大學藝術研究所碩士，專職童書作家。作品有童話《不可思議先生故事集》、《小麻煩》、《流星沒有耳朵》、《字的童話》系列；童詩《誰在床下養了一朵雲？》、《古靈精怪動物園》、《字的小詩》系列、圖象詩《文字森林海》；《我的故宮欣賞書》等五十餘冊。曾獲金鼎獎、國語日報牧笛獎童話首獎、好書大家讀年度最佳少年兒童讀物獎，第四屆華文朗讀節焦點作家。

顏志豪

恐怖照片旅館：被囚禁的鬼影

繪圖／許臺育

從來沒想過會因為思念爺爺、奶奶，讓我意外進入照片裡面的照片旅館——沒錯！是在像紙一樣薄的照片裡的一間旅館。

你問我怎麼進去的？反正從這些鬼相機拍出的照片裡，總可以找到一個特殊入口；雖然很難找，只要找得到，敲門就可以進去。

很詭異吧！但我偏偏認識了住在裡面的兔子小姐。其實我心裡充滿罪惡感，因為我答應兔子小姐，一定會再回去照片旅館。

但每次想到，進去之後可能會再也回不來……害得我現在都不大敢看照片，很怕又發現照片旅館的入口，到時候如果不進去，我一定會很心虛。其實我想念兔子小姐，她一定也想念我，但我還是有點害怕，因為一間在照片裡面的旅館，總是令人感覺詭異。

「吉米三世，功課寫完了沒？」

煩死了！每天都要做功課，「為什麼你們總是可以命令我做事，為什麼我一定要聽你們的話？」

「因為我是你媽！你最好不要隨便跟我頂嘴。」

「等一下啦！」

煩死了，一點都不想做功課的我，拿出相簿，把所有鬼照片一張張排列整齊，就像拼圖一樣。我不知道自己為什麼要這麼做，就是覺得很紓壓，我的心情慢慢平靜下來。

也或許，這些照片默默在召喚我？

沒想到這些照片上面的景物開始動了起來，像是一小格又一小

格的小電視。

有一張照片很奇怪，這張照片有一扇門，這扇門只開了一點，有一道黑影，從門的縫隙走了出來。

喵嗚～我不自覺起了一身雞皮疙瘩。

該不會這扇門是——不行不行，我不想再進去了。

管他的，現在心情好糟，去找一下兔子小姐聊天也不錯。

不，我是瘋了嗎？每次都差點兒回不來，我還想進去！

我的心噗通噗通的跳，但是我的手，像是被施了咒語，不自覺的敲了這扇門。

天哪！我敲門了。

一個詭異尖銳的笑聲從照片傳出，雞皮疙瘩快速的竄滿每個細胞，我打了一個寒顫。

我的手在發抖，因為照片裡的黑影把手伸出照片，然後拉著我的手。

啊——我尖叫，這肯定是史上最噁心，最恐怖的畫面。

我直覺的想放開照片，但是小手拉著我，讓照片黏在我的手上。

我試圖用力撥掉照片，但是照片裡伸出來的手拉著我不肯放，怎麼撥都撥不掉。

然後，我就被拉進照片裡了。

★

「你終於來了。」雖然沒看到她，但是我認得出那是她的聲音，充滿興奮和快樂。

「這是哪裡？」

「你應該知道。」

「為什麼我不能動？」我連想轉頭或眼睛也不行。

「因為必須由你的主人操作你，你才能動，難道你連這張照片是什麼都不知道嗎？」

「我的主人？」我聽得一頭霧水。

「現在你只是個影子，你不知道嗎？」

「難道我是照片裡頭的那個影子？」

「沒錯。」

「我不要，你快放我走！」我拼命掙扎，想移動身體，但一點都沒有用。

「你要怎麼樣才能讓我動？」

「我當你的主人。」

「什麼？」

「也就是你當我的影子，我到哪裡，你就跟到哪裡。」

「那我不就要永遠跟著你？我不要。」

「你最好考慮一下，難道你要一輩子像個雕像待在這裡，你的爸爸、媽媽是不會來救你的。」

「這樣不公平。」我仍舊不能動。

我被綁架了。

在現實的世界中，我必須聽爸爸、媽媽的話，不然他們就會生氣；在照片旅館裡，我必須聽兔子小姐的話，否則我就不能自由活動。

難道我都不能隨心所欲？我都必須得附屬於別人嗎？

「你真的不妥協嗎？很多時候你必須付出一些代價，才能換得自由。」小兔小姐說。

「好吧。」我想不出別的辦法，待在這裡好難受。先答應她再說吧。

沒想到，從此我就變成她的影子了。

她帶著我到照片旅館各處玩耍……沒想到剛才在房間看的鬼照片，現在都變成活生生的場景，在我面前出現，真是太詭異了。

當影子的感覺其實也沒有那麼糟，兔子小姐到哪裡玩，我就跟到哪裡，不需要花費任何力氣，不用思考，只要陪著她就好。我們到遊樂園玩摩天輪，到公園玩溜滑梯，到海邊去看海。

「你開心嗎？我看不到你任何表情。」

「開心吧，你開心就好。」說真的，我也不知道自己開不開心，我只是一個任人擺佈的傀儡。

「你的語氣一點也不開心。」

「囉唆，我不是陪你玩了嗎？你還要怎麼樣？」我有點心煩氣躁。

「不跟你玩了，一點意思都沒有。」

「那你帶我回去吧。」

「那可不行，這裡不是你想來就來，想走就走的地方。」

我再度被帶回那個房間罰站，因為我是影子，沒有主人，我哪裡都不能去。

*

突然，我對面的牆壁變成一個很大的螢幕。

有兩顆巨大的眼睛盯著我看，仔細一看，那不是爸爸嗎？只是他變成了巨人。

爸爸盯著我看，我簡直無法呼吸。

「這張照片怎麼會在這裡？」

媽媽也看了一下照片：這是什麼照片？

原來只要有人看照片，我就能從照片旅館中看到現實生活。

爸爸看了照片背面的說明，笑著說：「那時候吉米三世正要從門外進來，我試圖用相機捕捉他進門的樣子，沒想到門開了，他卻不進門，所以只拍到他的影子，那時候的他還真小哇！」

「這個臭小子，到底跑去哪裡？我只不過念了他一下，竟然一句話都沒說就不見了。」媽媽忽然啜泣，「或許是我對他太兇了，可是我也是為了他好，不想讓他養成拖拖拉拉的壞習慣，以後苦的是他。」

爸爸輕拍媽媽的背，安慰著她，說：「我相信吉米三世會懂的，他會回來的。」

我突然有點同情她，這麼大的旅館裡只有她一個人，一定很寂寞吧？

果然她手上拿著照片，我親吻了她一下，晚安了，我的朋友。

我撕掉照片，回到了現實。

★

「你這個臭小子，跑去哪了？」

我囫圇吞棗的吞下吐司，一邊拿著書包，一邊嚼著吐司說：

「媽，以後我一定準時做完功課，不讓你擔心，我會做自己的主人，為自己的事負責，但我真的不是小孩了，不必凡事都管。」

「你這個小子，哪裡不舒服嗎？」

「媽，我愛你，我快要遲到了。」我衝出家門。

媽媽笑了一下，那真是好看。她嘀咕著：「我確定他的腦子燒壞了。」

作者說

不依附別人才能自在快樂

你有想過當別人的影子嗎？我在生活當中，發現有許多人，熱愛當別人的影子。你一定有過經驗：對你所愛或者討厭的人，每分每秒都很在乎他們，你不知不覺把自己交給他們，成為他們的影子。這樣的你快樂嗎？最後你會發現，有勇氣做自己的人，不需要依附別人的人，才能自由自在，然後快樂。

超馬童話作家

顏志豪

臺東大學兒童文學博士，現專職創作。拿起筆時，我是神，也是鬼。放下筆時，我是人，還是個手無寸鐵的孩子。

FB粉絲頁：顏志豪的童書好棒塞。

火星來的動物園：摩天輪上的警察局

王文華
繪圖／楊念蓁

「好小哇！」

「太擠了啦！」

每個警察都在抱怨：「我們的空間太小了。」

原本警察局空間挺大的，那時候，野狼警察有一張自己的辦公桌，野豬警員進來後，他們共用一張辦公桌。直到上個月，河馬也擔任警察職務後，辦公室裡連走路都有困難，怎麼可能坐下來辦公？

最先被撤出去的是花瓶、飲水機和音響。

接著，連桌子和椅子都搬出去了。

即使這樣，辦公室還是挺擠的，每個警察只能有一張板凳大的

POLICE

地方，他們坐在板凳上辦公，研究案情，審問犯人，還有開會。

對，是開會。

板凳擺成圓圈，大家一起開會。

「這裡實在太小了。」野狼說，「囚犯的牢房都比我們大。」

「你們看，我甚至連這個小小的漢堡都沒地方放。」野豬也說。

「放進你的肚子吧！」除了野豬，所有的警察都笑了，「放進肚子裡，不占空間。」

「那可不行，他的肚子再大下去，警察局連廁所都要廢掉。」

野狼的話，逗得大家都笑了，只有野豬臉紅了，他把袋子裡的漢堡拿出來，氣呼呼的「擺」進肚子裡。

犀牛隊長搖搖頭：「我們只好再找間大一點的房子。」

「搬家？」警察們問。

犀牛隊長揚揚手裡的傳單：「是啊，搬家不用愁，找土豪星房屋就對了。」

土豪星房屋

收費便宜，服務親切

你的房子太老太破太小太普通嗎？

土豪星房屋，為尊貴的您準備了一系列的房屋，不論是高的寬的廣的還是長的，您的需求，土豪星通通都有。

註：警察局要換房子的話，有特別優惠喔！

警察們讀到最後一行，全都尖叫起來。

「這是為我們量身訂做的嘛。」野狼說。

「最好大家都有自己的辦公桌。坐在板凳上，實在不像話。」河馬的話引起大家共鳴，大家點著頭：「對啦，對啦，至少都要有張辦公桌。」

「還有低溫冷藏室。」野豬念念不忘他的食物。

「新的警察局也應該要有個展示臺。」孔雀看了大家一眼：「在這裡，我怎麼秀出我的羽毛？」

「既然這樣，咱們就去看房子吧。」犀牛隊長一吆喝，警察全體總動員，這是一列浩浩蕩蕩的行列……

平時他們是打擊犯罪的尖兵，今天個個抬頭挺胸，為了找間新家而努力。

隊伍來到土豪星房屋，紅鶴小姐出來接待他們，她嬌滴滴的說：「你們想看房子啊？沒問題，你們的需求就是我們的需求，土豪星的服務，永遠比你能想的多更多。」

紅鶴小姐長得美，也很注重穿著打扮，天氣這麼熱，她還穿著美麗的大衣呢。

犀牛隊長笑著說出大家的願望：「你們最大的房子是哪一間，我們只想要間大屋子。」

「大屋子？有的，有的。」紅鶴小姐指指牆上的照片，那是一

棟大樓：「這棟摩天大廈，一共五十一層，你們如果買這一間，每個警察都能分到一層辦公室，還有專屬的電梯，它是新建築，新造型，售價一棟一億火星幣……」

「那太貴了。」犀牛隊長嘆了口氣：「經濟不景氣。」

警察們垂著頭：「我們連發薪水都快要有問題。」

「沒問題的，來看看這一間吧，鄉下的空氣好，空間大，地又便宜，」紅鶴小姐指著另一張圖，那是一棟三合院，「距離城市只有三十分鐘車程，售價卻低了一百倍。」

「太遠了。」警察們說：「不然，倒是適合野餐、慢跑和養老。」

紅鶴小姐的臉上，沒有一絲不耐煩的感覺，天氣這麼熱，她穿著大衣也不見一滴汗，她彈彈手指：「有了，這間保證你們喜歡，這是鎮上的遊樂園，因為經營不善，現在大拍賣，整個遊樂園只要一塊錢。」

「一塊錢？」警察們大叫。

紅鶴小姐點點頭。

「不可能。」警察們大叫，「但是我們喜歡。」

「原來的業主只有一個條件，你們要保證讓遊樂園動起來，就能只花一塊錢住進去。」

「真的一塊錢？」

紅鶴小姐笑了，這一群警察立刻變成孩子，快快樂樂的跑向遊樂園。

音樂馬車在陽光下閃爍，雲霄飛車停在半空中，閃閃發光，老火車彷彿在訴說一則古老的傳說，而最引人注目的是摩天輪，高大宏偉……

「警察局人手充足，想讓遊樂園動起來不成問題，例如摩天輪，就很適合當大家的辦公室。」

「在摩天輪上辦公？」警察們問。

「不好嗎？」紅鶴小姐嚇一跳。

「不，是帥呆了。」野狼第一個衝過去，他占

了第一個車廂，孔雀占領第二車廂，高空車廂就是她最好的展示臺，然後是犀牛隊長、棕熊警察，除了野豬，連新來的河馬都擠進車廂裡。

「我……我有懼高症。」野豬臉色蒼白。

「上來吧，伙伴。」野狼在上頭喊。

「我……我不行了。」野豬衝向廁所，他剛吃下的漢堡……

摩天輪轉動了，隨著車廂逐漸變高，大家都看見了……

火星來的動物園在小鎮另一邊，那裡是他們本來的家，一條大河把動物園和小鎮分隔開來。橋上有很多

動物來來往往，小鎮的烘焙坊冒出淡淡的白煙，幾隻鴿子飛過大家眼前，底下的便利商店很多人，銀行剛剛打開門，一隻紅鶴脫下大衣，露出一把長鎗和滿滿的尖刺……啊！不！那是豪豬。

豪豬朝天空掃射一排子彈，衝進銀行，沒幾秒鐘就提了一個大袋子跑出來。

「原來是搶劫啊！」犀牛隊長冷笑。

「原來他假扮成紅鶴小姐啊。」野狼說：「這個遊樂園一定也是他租來的。」

「真是笨哪！我們這麼多警察全看見他搶劫呀。」摩天輪上的警察們笑著：「他能跑哪裡去呢？」

對，大搖大擺走出銀行的豪豬，竟然還朝摩天輪的大家揮揮手，帥氣的戴上墨鏡，喔喔，他還扶著嚇呆的樹懶爺爺過馬路，這才慢條斯理的跑起來。

犀牛隊長在車廂裡下達指令：「全體警察注意，開車的開車，騎摩托車的騎摩托車，

想跑步的，那就用力跑，給我把他抓起來。」

摩天輪警察局第一次辦案，大家都很興奮，除了車廂的門……

第一個轉回入口的野狼喊：「這門鎖了。」

孔雀也回到入口了：「我的也鎖了。」

他們這才發現，紅鶴小姐，不，應該說是豪豬大盜早就設計好了，鎮上警察全被騙進摩天輪，通通都被鎖起來後，他就可以慢慢去搶銀行。

「豪豬，你別跑！」

「你跑不了的。」

摩天輪上，所有的警察都在大叫。大叫是抓不到強盜的，所以，他們只能望著揚長而去的豪豬，望著沒人的遊樂園和一頭呆呆站在底下的野豬。

「野豬警員？」

「你……你沒上摩天輪？」野狼問。

「我剛才不是說過了嗎？我有懼高症。」野豬說到這兒，還拍拍胸口。

「懼得好，懼得好。」犀牛隊長的命令是：「你快去，快去把豪豬抓起來，他剛剛搶銀行了。」

「對對對，他朝第五大街跑去了。」

野豬警員二話不說，轉身就跑，他的身材比較胖，跑起來也比較慢，豪豬雖然扛了一大袋錢，輕輕鬆鬆依然比較快。

「快呀，他跑到第六大道了。」

「邁開你的腳步。」

「別停下來買包子啊。」

摩天輪還在轉動，警察們站得高看得遠，齊聲大吼指揮野豬追大盜，眼看著豪豬跑過第十大道，野豬還在第五大道掙扎……

那隻豪豬還故意繞回來，經過野豬身邊。

好像還跟野豬比了個加油的手勢。

然後又慢慢朝著遊樂園回來。

「好了，我真的要走了。」豪豬在底下笑：「你們怎麼沒想到，讓那隻野豬先把門打開呀？真是一群笨警察。」

豪豬的笑聲很尖，氣得犀牛隊長在車廂裡跳。

他一跳，這車廂就晃了一晃。

「隊長，別跳哇！」孔雀在底下喊：「摩天輪掉下去怎麼辦？」

「對呀，對呀，摩天輪掉下去怎麼辦？」

「如果摩天輪掉下來……」

一個念頭在野狼腦裡一閃而過：

「對對對，我們用力跳，就能讓摩天輪掉下來，只要掉下來，就可以……」

「逮捕豪豬大盜。」

豪豬一聽，嚇了一跳，他這回可是鼓足了力氣跑。

大家一聽，用力跳啊跳，哼——膽敢嘲笑警察，這麼一跳，摩天輪嘎的一聲，河馬再用力一震，這個史上無敵巨大的警察局，真的跳脫轉軸，就在第五大道上滾動，它滾的速度那麼的快，朝著尖叫不斷

的豪豬一壓……

不，千鈞一髮之際，野豬警員趕到，將豪豬拖離摩天輪，咔的一聲，把他銬在公園欄杆上：「你先待在這裡，包子剛蒸好，我得去買幾顆。」

「那我們怎麼辦……」摩天輪上的警察們喊著。

「等我吃完包子，再來救你們。」野豬真的累壞了，他剛才追豪豬，可是跑了一整條街呀，不補充點能量，他哪有力氣呀！

作者說 要小處著手，不要小事計較

小朋友喜歡玩比的遊戲，把腳撐開，就能比大小，把鞋子一靠，就能比誰的鞋子大，和老師的大腳一比，那是小巫見大巫，比輸了，沒關係。但人生有許多時候不是遊戲，志氣要比大小，有雄才大略，才不會見識過小，有大視野，就不會在小事計較；想大展鴻圖，一飛衝天，總要從小處著手的，腳踏實地做起。

我們說一個人「小時了了，大未必佳」，說的小時候專在遊戲和人比大小，卻不肯在做人做事上與人論長短，因小失大，那就不妙了。

超馬童話作家 王文華

臺中大甲人，目前是小學老師，童話作家，得過金鼎獎，寫過「可能小學任務」、「小狐仙的超級任務」，「十二生肖與節日」系列。

最快樂的事就是說故事逗樂一屋子的小孩。小時候住在海邊，長大了到山裡教書，目前有間小屋，屋子裡裝滿了書；有部小車，載過很多很多的孩子；有臺時常當機的筆電，在不當機的時候，希望能不斷的寫故事。

國家圖書館出版品預行編目（CIP）資料

超馬童話大冒險 . 5, 誰是老大 / 劉思源等文 ; 尤淑瑜等圖 . -- 初版 . -- 新北市 : 字畝文化出版 : 遠足文化發行 , 2020.03
面 ; 公分
ISBN 978-986-5505-15-8（平裝）
863.59 109001870

XBTL0005

超馬童話大冒險5 誰是老大？

作者｜劉思源、王淑芬、賴曉珍、王家珍、亞平、林世仁、顏志豪、王文華
繪者｜尤淑瑜、蔡豫寧、陳銘、陳昕、李憶婷、許臺育、楊念蓁

字畝文化創意有限公司
社　　長｜馮季眉
編　　輯｜戴鈺娟、陳心方、巫佳蓮
特約主編｜陳玫靜
封面設計｜許紘維
內頁設計｜張簡至真

讀書共和國出版集團
社長｜郭重興　發行人｜曾大福
業務平臺總經理｜李雪麗　業務平臺副總經理｜李復民
實體書店暨直營網路書店組｜林詩富、郭文弘、賴佩瑜、王文賓、周宥騰、范光杰
海外通路組｜張鑫峰、林裴瑤　特販組｜陳綺瑩、郭文龍
印務部｜江域平、黃禮賢、李孟儒

出　　版｜字畝文化創意有限公司
發　　行｜遠足文化事業股份有限公司
地　　址｜231 新北市新店區民權路 108-2 號 9 樓
電　　話｜(02)2218-1417
傳　　真｜(02)8667-1065
客服信箱｜service@bookrep.com.tw
網路書店｜www.bookrep.com.tw
團體訂購請洽業務部 (02)2218-1417 分機 1124

法律顧問｜華洋法律事務所　蘇文生律師
印　　製｜中原造像股份有限公司

2020年 3 月　初版一刷　2023年4月　初版六刷　定價：330元
ISBN 978-986-5505-15-8　書號：XBTL0005